DATE DUE

D1566435

Amor sin engaño

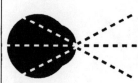

This Large Print Book carries the
Seal of Approval of N.A.V.H.

Amor sin engaño

Emma Richmond

Thorndike Press • Waterville, Maine

Published in 2005 by arrangement with Harlequin Books S.A.
Publicado en 2005 en cooperación con Harlequin Books S.A.

Thorndike Press® Large Print Spanish.
Thorndike Press® La Impresión grande española.

The tree indicium is a trademark of Thorndike Press.
El símbolo del árbol es una marca registrada de Thorndike Press.

The text of this Large Print edition is unabridged.
El texto de ésta edición de La Impresión Grande está inabreviado.

Other aspects of the book may vary from the original edition.
Otros aspectros de éste libro podrían variar de la edición original.

Set in 16 pt. Plantin.
Impreso en 16 pt. Plantin.

Printed in the United States on permanent paper.
Impreso en los Estados Unidos en papel permanente.

Library of Congress Cataloging-in-Publication Data

Richmond, Emma.
    [Marriage potential. Spanish]
    Amor sin engano / by Emma Richmond.
       p. cm. — (Thorndike Press large print Spanish = Thorndike Press la impresión grande la española)
    Originally published in English as: Marriage potential.
    ISBN 0-7862-7498-0 (lg. print : hc : alk. paper)
    1. Large type books. I. Title. II. Thorndike Press large print Spanish series.
PR6068.I254M37 2005
   823′.914—dc22   2004030758

Amor sin engaño

Prólogo

ENFADADA, exhausta y preocupada, Kerith seguía paseando por la sala de espera. No entendía por qué había tenido que llevar al sobrino de su vecina para que este se encontrara con su padre en una estación de tren francesa. ¿Por qué no en su casa? ¿Por qué no en un restaurante?

Alta y elegante, Kerith tenía un cierto aire de superioridad del que ni siquiera ella se daba cuenta y un estilo por el que cualquier mujer daría lo que fuera. Llevaba el pelo suelto, enmarcando unas facciones aquilinas, muy atractivas. El largo cabello oscuro, los ojos verdes grisáceos y unos labios muy generosos, además de una figura esbelta pero con curvas le daban aspecto de modelo.

Era una mujer segura de sí misma, incluso demasiado a veces, ella misma lo admitía. Y cualquier cosa que se pusiera le quedaba bien. Casi nunca se maquillaba y no solía mirarse demasiado al espejo. No tenía tiempo para ocuparse de su aspecto, pero sus amigas envidiaban que no perdiera tiempo arreglándose y, sin embargo, estuviera siempre a la última.

—Vendrá —le aseguró Michael con una sonrisa.

—Claro que sí.

Pero, ¿y si no acudía? Llevaban una hora y media esperando. Podría llevarlo al apartamento que había alquilado y dejar un mensaje en el contestador de su padre, pensó. En algún momento iría a buscarlo.

—Se habrá retrasado por el tráfico.

—Se supone que soy yo quien debe tranquilizarte —sonrió Kerith, mirando un cartel.

Su francés no era muy bueno, pero parecía advertir sobre los carteristas. Aunque no había peligro porque la estación estaba desierta. Desgraciadamente.

—O a la mejor llegó a tiempo y como nosotros hemos llegado tarde...

—Solo diez minutos —lo interrumpió ella. Además, el padre de Michael podría haber esperado diez minutos—. ¿Y por qué aquí precisamente? Es un sitio un poco raro para encontrarse.

El niño se encogió de hombros.

—No sé.

—¿Tu padre no suele ir a buscarte a Londres, a casa de tu abuela?

—Sí, pero esta vez no podía.

—Ya veo.

Kerith no veía nada, pero si ese era el arreglo...

—No ha sido un buen día, ¿eh? —preguntó el crío, con una percepción poco habitual en un niño de ocho años.

—No —rio ella.

El trasbordador había llegado tarde, las carreteras estaban congestionadas, se le había pinchado una rueda... Y tanto retraso y espera la ponía enferma.

Dejando escapar un suspiro, Kerith se sentó al lado del pequeño en un banco. Podrían ser madre e hijo. El pelo de Michael era oscuro y rizado, como el suyo.

—Ojalá... —el niño no terminó la frase.

—¿Ojalá qué?

—No, nada —dijo Michael.

¿Ojalá su padre no llegase tarde? ¿Cuántas veces habría tenido que esperarlo? ¿Cuántas veces no habría llegado?

«Seguramente llegará tarde», le había dicho su vecina, Eva, con sorprendente despreocupación. «Nunca hace lo que tiene que hacer». Una frase nada consoladora cuando no había modo de ponerse en contacto con él.

Eva le había dicho que Tris Jensen era un mujeriego, un canalla. Pero las ex cuñadas solían odiar a los ex maridos de sus hermanas. Por lo visto, Tris era encantador, mentiroso y terriblemente egoísta. Y llegaba tarde, pensó, mirando el reloj.

—Vamos a esperar, ¿no? —preguntó el niño.

—Claro que sí.

Pero, ¿durante cuánto tiempo?

En ese momento, oyeron el frenazo de un coche en la calle y Michael se levantó de un salto.

—¡Es él! —exclamó, corriendo hacia la puerta—. ¡Papá! ¿Por qué has tardado tanto? ¿Qué te ha pasado?

Kerith escuchó la risa ronca de un hombre al que no conocía. No estaba disculpándose, no parecía contrito por su tardanza… y a ella le hubiera gustado darle un puñetazo en la nariz.

¿No se daba cuenta de cómo hacía sufrir a su hijo?

Intentando controlar su rabia, tomó la maleta del niño y salió de la estación.

Pero lo que vio no era en absoluto lo que había esperado encontrar. Esperaba a un seductor, un tipo cínico y frío, pero el hombre que estaba apoyado en el taxi no parecía nada de eso. Para empezar, tenía la pierna izquierda escayolada y se apoyaba en dos muletas.

Era alto y fibroso, con una preciosa sonrisa y unos ojos azules de ensueño.

Y llevaba una camisa de color caldero… horrible.

No podía caerle bien, se dijo. ¿Cómo iba a caerle bien un hombre que trataba de ese modo a su único hijo?

Michael seguía parloteando y moviéndose de un lado a otro, evidentemente encantado de estar con su padre. Y a Kerith le daban ganas de llorar al ver la adoración que había en sus ojos.

—¿Qué ha pasado? —estaba preguntándole—. ¿Cómo te has roto la pierna?

Kerith observó al hombre detenidamente. Ojos azul cielo, pelo castaño claro un poco revuelto, facciones suaves... muy atractivo.

En absoluto como había imaginado al marido de la difunta hermana de Eva.

No parecía el tipo de hombre fuerte y pagado de sí mismo. Y mucho menos alguien que se pasaba la vida yendo de un lado al otro del mundo, aunque tal era su ocupación.

—Ojalá pudiera contarte algo emocionante, pero la triste verdad es que me caí por las escaleras —contestó por fin.

Dejando la maleta en el suelo con un golpe seco para mostrar su desaprobación, Kerith carraspeó para interrumpir el *tête à tête*.

—No estaría mal mostrar cierto arrepentimiento por habernos hecho esperar casi dos horas —le espetó—. Tengo que irme, Michael. No olvides la maleta —añadió, dándose la vuelta—. Y, por cierto, no debería ponerse una camisa de color caldero, señor Jensen. Le sienta fatal.

Capítulo uno

«DEJA de pensar en él», iba diciéndose Kerith a sí misma, enfadada, mientras caminaba por la arena.

Aquella preocupación por el padre de Michael, un hombre que la disgustaba profundamente, era completamente ridícula.

Aunque, en realidad, no lo conocía. Pero Eva sí lo conocía, pensó, mientras se secaba el pelo con una toalla. Y ella le había dicho...

A pesar de todo, no tenía derecho a ser grosera con él. Y lo había sido.

Pero no le gustaban los seductores. Su padre también había sido un seductor. Uno de esos hombres que caen bien a todo el mundo y que esperan ver sus pecados perdonados solo porque son guapos y simpáticos.

Aunque a ella le daba igual. No iba a mantener una aventura con el padre de Michael. No tenía que verlo siquiera. Solo había llevado al niño a la estación.

Entonces, ¿por qué se había enfadado tanto? Desde luego, Michael parecía adorar a su padre. Era un chico tan listo, tan bueno... ¿Por qué quería tanto a un padre que, según su tía, nunca recordaba la fecha de su cumpleaños? Que nunca pagaba el colegio a tiempo, que siempre llegaba tarde...

Pero, ¿no había adorado ella a su padre a pesar de que era exactamente igual que Tris Jensen?

A veces pensaba que Eva lo culpaba por la muerte de su hermana, pero no podía ser. Ginny había muerto después de separarse, en un accidente de esquí cuando estaba de excursión con unos amigos.

—¡Kerith!

Ella se dio la vuelta al oír la voz de Michael, que se acercaba corriendo por la arena.

—¿Qué pasa? —preguntó, al ver su expresión angustiada.

—¿Puedes venir conmigo? ¡Es mi padre!

Alarmada, Kerith se puso una camiseta sobre el bañador mojado y guardó todas sus cosas en la bolsa antes de salir corriendo.

—¿Dónde está?

—Aquí —dijo Michael, deteniéndose de golpe.

—¿Qué? ¿Dónde?

Y entonces lo vio. Como el día anterior, apoyado en la puerta de un taxi.

—Lo siento mucho —se disculpó él.

—¿Qué es lo que siente?

Tris Jensen sostuvo su mirada un momento y después bajó los ojos. Kerith siguió la dirección de su mirada y vio que los dedos del pie izquierdo estaban amoratados.

—Ay, Dios mío...

—No es nada. Solo necesito que me cambien la escayola —terminó él la frase. Aparentemente, no quería preocupar a Michael—. ¿Puede cuidar de mi hijo durante unas horas? No sé cuánto voy a tardar.

—Váyase, yo me quedo con él —dijo Kerith, tomando al niño de la mano.

Tris asintió y, después de besar a su hijo, intentó torpemente entrar en el taxi.

—¡Quiero ir contigo! —exclamó Michael entonces—. Por favor, papá. Kerith, ¿puedes venir con nosotros?

—Sí, pero...

—Será mejor que esperéis aquí.

—¡No! No pienso dejarte ir solo. Voy contigo —insistió el niño.

—De acuerdo, como quieras.

Michael entró en el taxi y su padre miró a Kerith, interrogante. Encogiéndose de hombros, esta se sentó al lado del conductor.

—No sé cuánto voy a tardar —repitió él cuando llegaron al hospital.

—No importa.

Afortunadamente, lo atendieron enseguida y Kerith se quedó con Michael en la sala de espera.

—Va a ponerse bien, ¿verdad?

—Claro que sí. Lo único que pasa es que la escayola está muy apretada —intentó sonreír ella.

Pero la verdad era que había visto preocupación en los ojos azules del hombre.

—¿Van a quitársela?

—Supongo que sí. Le pondrán una nueva.

—Ha estado despierto toda la noche —le contó el niño—. Pensaba que yo no lo sabía, pero lo he oído pasear por la cocina. Debería haber ido antes al hospital.

Kerith tomó la mano del niño.

—Va a ponerse bien —le dijo, sonriendo—. Tu papá es un adulto y sabe lo que hace. Ya verás cómo le cambian la escayola y todo va estupendamente.

Qué suerte haber llevado a Michael a su apartamento antes de ir a la estación. Si no hubiera sido así, no habría sabido encontrarla para pedir ayuda.

Pero la idea de que aquel crío estuviera solo, con un padre que evidentemente no podía cuidar de él, le ponía los pelos de punta.

Estuvieron esperando durante una hora antes de que entrase la enfermera, que miró a Kerith con gesto de censura. Normal, pensó ella. Con el pelo revuelto, una camiseta empapada y las sandalias llenas de arena debía estar horrenda.

—¿*Mademoiselle* Deaver? ¿Michael?

—*Oui* —murmuró el niño, asustado. La mujer dijo algo que Kerith no entendió y Michael se volvió para explicárselo—. Quiere que vayamos con ella.

Kerith tomó su mano, sonriendo para darle ánimos.

Tris estaba tumbado en una camilla, y solo llevaba una bata verde de hospital. La prenda no le tapaba las rodillas y Kerith se fijó en que tenía unas piernas fuertes y bronceadas, aunque la izquierda, ahora sin la escayola, estaba un poco hinchada y descolorida. Afortunadamente, ya no tenía los dedos morados.

Tris acarició la carita de su hijo, sonriendo.

—¿Estás bien?

Michael asintió con la cabeza.

Entonces la miró a ella, con una sonrisa burlona en los labios.

—Parece cosa del destino encontrarme con usted cuando voy... mal vestido.

—Pues sí —asintió Kerith, tan tranquila.

—Tardarán al menos un par de horas. Quieren que descanse la pierna para restablecer la circulación antes de ponerme otra escayola.

—¿De verdad estás bien, papá?

—Claro que sí. ¿Te he mentido alguna vez?

—le preguntó Tris. El niño negó con la cabeza—. Siempre nos decimos la verdad, ¿no?

—Siempre.

—Entonces, ¿por qué no vas a comer con Kerith?

—Yo quiero esperar aquí por si pasa algo —insistió Michael.

—No va a pasarme nada. Debo quedarme aquí por lo menos dos horas y lo mejor es que vuelvas a casa.

—No.

—Vale, pero Kerith tendrá hambre. Y necesitas algo de dinero.

—Señor Jensen...

—Tris —la corrigió él—. Es el diminutivo de Tristram.

—No se preocupe, yo llevo dinero —dijo Kerith, sin tutearlo.

—Prefiero pagar yo. Al fin y al cabo, la hemos hecho venir hasta aquí. Michael, saca la cartera del bolsillo de mi pantalón.

El niño buscó el pantalón obedientemente y, con el dinero en la mano, le dio un beso a su padre.

—Hasta luego, papá.

—Hasta luego —se despidió—. Gracias por todo, Kerith.

—De nada.

Parecía estar deseando quedarse solo. Seguramente, le dolía la pierna y no quería que Michael se diera cuenta. Ni ella. Su padre también solía ser más encantador y dicharachero cuando había gente delante.

Bajaron a la cafetería del hospital y después de comprar sándwiches y refrescos, buscaron una mesa.

—Yo creo que a mi padre le dolía la pierna —murmuró el niño.

—Supongo que le dolía un poco —sonrió ella—. Yo nunca me he roto nada, así que no lo sé. Venga, come. Tienes que estar fuerte para cuidar de él.

—¿Kerith?

—Dime.

—¿No te gusta mi padre?

Ella lo miró, sorprendida.

—Pero si no lo conozco…

—A él le gustas tú —dijo Michael entonces, mirándola con sus ojitos castaños—. Me ha dicho que eres muy guapa.

—¿Ah, sí?

¿La encontraba guapa? Ella no quería que la encontrase guapa.

—Y también me dijo que ayer le hablaste así porque debías estar cansada. Como la estación está lejos y tuviste que concentrarte en conducir por el otro lado de la calle…

Kerith soltó una carcajada.

—Bueno, a veces decimos cosas que no queremos decir.

Pero ella sí había querido decirle un par de cosas, la verdad. ¿Porque Tris Jensen no era lo que había esperado? ¿Porque era mucho más atractivo de lo que creía?

—No fue culpa suya llegar tarde.

—¿Ah, no?

—Y ha tirado la camisa —dijo Michael.

—¿No me digas?

—La ha tirado a la basura, de verdad.

Sí, podía imaginarlo. La habría tirado a la basura con una sonrisa traviesa. Era lo mismo que hacía su padre cuando alguien lo regañaba. La sonrisa, el brillo en los ojos... armas de seductor. Su padre, como Tris Jensen, también tenía los ojos azules. Y ella lo había adorado como Michael adoraba a Tris.

Pero cuando él se marchó de casa, Kerith tenía quince años. Y ni siquiera le había dicho adiós.

—¿Estás triste?

Ella negó con la cabeza.

—No.

Pero lo estaba. Triste por Michael y triste por sí misma. Estaba juzgando a un hombre solo porque se parecía a su padre. Solo por lo que Eva le había contado, además.

—¿De verdad?

—De verdad —sonrió Kerith, pensativa—. Tu tía estará ya en Grecia de vacaciones, ¿no?

—Sí.

—¿Por qué no has ido con ella?

—Porque yo vivo con mi padre. Cuando voy a Londres, voy a verla a ella y a mi abuela. Pero yo vivo en Parthenay con mi padre. Hacemos muchas cosas juntos y me está enseñando a navegar —sonrió el crío—. Tenemos una casa muy bonita y la estamos arreglando... bueno, nosotros no, el constructor, que se llama Claude. Y tenemos un lago cerca... y caballos.

—Ah, qué bien.

Eva le había contado que ella quería pasar más tiempo con el niño, pero, aparentemente, Tris y su ex cuñada se llevaban fatal. Según su vecina, él no había tratado bien a su difunta hermana. Kerith no sabía los detalles del asunto y no quería saberlos porque no era cosa suya. Además, cada vez que Eva se quedaba con el niño, en realidad quien se ocupaba de cuidarlo era ella.

—¿Nos vamos? Puede que mi padre necesite algo.

—Vale.

Eran casi las cuatro cuando Tris apareció en el pasillo, con una nueva escayola y una sonrisa en los labios.

—Tengo que volver mañana para que la revisen, pero después podremos irnos a casa.

—A mí no me importa quedarme aquí unos días —dijo Michael.

—Pero si acabas de decirme que te encanta Parthenay —sonrió ella.

El niño se puso colorado, algo que a Kerith le hizo mucha gracia.

—¿Has pedido un taxi, papá?

—Sí, creo que ya está esperando.

Con la escayola nueva, a Tris le resultó más fácil entrar en el coche y. Kerith se sentó a su lado, ante la insistencia de Michael.

—¿Te gustaría venir con nosotros a casa? —le preguntó Tris, tuteándola.

Horrorizada, ella negó con la cabeza.

—Pues… es que no puedo.

—Porque has visto la casa que he alquilado, ¿no?

—No, yo…

—De todas formas, me gustaría invitarte a cenar. Para darte las gracias por cuidar de mi hijo.

—No tienes que darme las gracias.

—Claro que sí. ¿Te parece bien a las nueve?

Michael se volvió para mirarla, implorante, y Kerith pensó que quizá no quería quedarse a solas con su padre por si volvía a pasarle algo.

—Solo una vez más —dijo Tris entonces en voz baja—. Por favor.

—De acuerdo.

—¿Quieres que pasemos a buscarte?

—No, yo iré a tu casa —contestó ella. De ese modo, podría marcharse cuando quisiera, pensó—. ¿Te importa dejarme en el Casino? Mi apartamento está muy cerca.

Tris, en un francés perfecto, le indicó al taxista dónde debía parar.

—Mi casa está a cincuenta metros de aquí. Tiene la puerta azul y está al lado del restaurante griego. La encontrarás fácilmente.

—Eso espero —sonrió Kerith, despidiéndose de Michael con la mano.

No pasaba nada por cenar en su casa, se decía a sí misma, mientras atravesaba las terrazas que había frente a su apartamento. Como él mismo había dicho, sería la última vez. Solo tenía que ser agradable y charlar un rato. No podía ser tan difícil.

Pero lo era. Porque no quería volver a verlo. No entendía a los hombres, no sabía qué hacer cuando tonteaban con ella... Y, como resultado, se volvía agresiva.

Era algo que la irritaba profundamente, pero no sabía cómo cambiar. Y lo peor era que, con su aspecto, la gente solía pensar que lo hacía por vanidad. Por eso se portaba de una forma tan fría con Tris.

Porque era el tipo de hombre que la ponía nerviosa.

Dos horas más tarde, aún a la defensiva, aún a regañadientes y avergonzada por las miradas de envidia y admiración que recibía en los cafés, llegó frente a la casa.

Y tuvo que sonreír. En aquel momento entendía la broma de Tris. La casa parecía permanecer de pie por simple fuerza de voluntad. O quizá la sostenían los árboles y la maleza de la zona.

Las enredaderas casi cubrían las ventanas y faltaban algunas tejas en el tejado. Además, los tres escalones que debía bajar para llegar a la puerta estaban agrietados y Kerith pensó que, si había una tormenta, el agua entraría hasta el salón.

Con una mueca de disgusto, bajó los escalones y llamó al timbre.

Michael abrió inmediatamente, como si la hubiera estado esperando.

—Qué guapa estás.

—Gracias.

Por primera vez en su vida, Kerith deseó haberse arreglado un poco más. Llevaba unos pantalones de color beige y camiseta azul marino; un atuendo que, en otra mujer habría parecido informal, pero que a ella le daba, como casi todo, un aspecto elegante.

—Entra. Mi padre está tirando la basura, pero vendrá enseguida.

Con una sonrisa en los labios, el niño

subió corriendo por una escalera de caracol. La escalera en la que, presumiblemente, su padre se había caído.

Cuando oyó el ruido de una puerta, Kerith se puso tensa. No quería volver a verlo. Y menos a solas. Tris Jensen la confundía y la turbaba absurdamente. Si hubiera sido lo que esperaba de él, todo sería más fácil, pensaba.

Unos segundos después, él aparecía en el salón, arrastrando la pierna. Llevaba pantalones azul marino y camisa azul clara, de un tono parecido al de sus ojos. Y estaba muy guapo.

—Hola —la saludó.

—Hola.

—Michael vendrá enseguida.

—Ya.

¿A qué estaban jugando?, se preguntó ella.

El salón era grande, pero bastante oscuro. Las ventanas delanteras estaban cubiertas de hiedra y las de atrás, tan sucias que no se veía el jardín.

—Precioso, ¿verdad? —sonrió él—. Así aprenderé a no alquilar una casa sin verla antes. Pero en la inmobiliaria me dijeron que estaba bien y como solo iba a ser para una noche…

—¿Por qué?

—¿Cómo? —preguntó Tris, confuso.

—¿Por qué has alquilado esta casa?

—Porque no he tenido más remedio. Debería haber recogido a Michael mañana, pero Eva me dijo que tenía que marcharse a Grecia. Ayer yo tenía una reunión y, además, pensé que ella lo llevaría a Parthenay... en fin, todo un desastre.

Estaba enfadado. No lo mostraba, pero estaba enfadado con su cuñada por no llevar al niño a Parthenay.

—Estaba bien conmigo —dijo Kerith.

—Pero si el accidente hubiera sido más grave o no hubiera podido ir a buscarlo, ¿qué habría pasado?

—Que habría llamado a todos los hospitales y si no te hubiera encontrado, Michael se habría quedado en mi casa.

—Él es responsabilidad mía, pero gracias de todas formas. ¿O no puede darte las gracias un hombre que te cae mal? —sonrió Tris.

—No me caes mal. Ni siquiera te conozco.

—Ya, bueno. Entiendo que no te guste.

—Mira, Tris...

—¿Cómo está Eva? —la interrumpió él.

—Bien —contestó Kerith—. En Grecia, de vacaciones.

—Eso ya lo sé. Nosotros nos iremos a casa pasado mañana —sonrió Tris.

Aquella sonrisa la ponía nerviosa. Muy

nerviosa. ¿Por qué sonreía todo el tiempo?, se preguntó. Sin saber qué hacer, se acercó a una ventana.

—Michael me ha dicho que le estás enseñando a navegar.

—Sí.

—Y que estáis arreglando la casa de Parthenay.

—Así es.

Kerith se volvió entonces.

—Y que has tirado la camisa a la basura.

Él soltó una risita.

—También es verdad.

—¿Te duele la pierna?

—Ya no, gracias a Dios —suspiró Tris—. A las tres de la mañana, estaba dispuesto a pedir que me la amputaran.

—Me alegro de que no lo hayas hecho.

—Yo también.

—Pero no podrás realizar... ciertas actividades.

—No, claro —sonrió él, burlón.

Aunque la ponía nerviosa, Kerith no pensaba apartar la mirada.

—Y si hubiera traído a Michael aquí, en lugar de llevarlo a una absurda estación, no te habrías caído por la escalera.

—No, es verdad.

—Entonces, ¿por qué no me dio Eva tu dirección?

—Quizá no quiere que nos conozcamos —sugirió Tris, sin abandonar su perenne sonrisa—. Y si hubieras venido...

—Yo no quiero que nos conozcamos —lo interrumpió Kerith—. No me gustan los hombres encantadores.

—¿Ah, no? ¿Te gustan los antipáticos? A mí me parece mejor ser agradable.

Ella lo miró, con los labios apretados. Ninguno de los dos dijo nada durante unos segundos. Pero eso era peor.

—Eres piloto, ¿no?

—Buen cambio de tema —sonrió él, perceptivo—. Era piloto, pero ya no lo soy. Eso es para los jóvenes.

—Tú no eres ningún viejo —replicó Kerith.

—Tengo treinta y siete años.

—Ya.

¿Dónde demonios estaba Michael? No quería hablar con aquel hombre. Quería marcharse y no volver a verlo nunca más.

—Gracias por portarte tan bien con mi hijo.

—De nada. Es un crío estupendo.

—Sí, es verdad. Y te agradezco que lo llevaras a la estación.

En realidad, no había tenido más remedio. Eva, sabiendo que estaba de vacaciones en el oeste de Francia, le había pedido que fuera a buscar al niño al aeropuerto y lo llevase a la estación.

—Tú te dedicas a las subastas de arte, ¿no? —preguntó él entonces.

—Sí.

—Interesante, me imagino.

Kerith se encogió de hombros.

—No tanto.

—También eres una experta en incunables.

—No soy una experta en nada.

Michael apareció entonces en el salón. Los vaqueros y la camiseta habían sido reemplazados por un pantalón negro, zapatos del mismo color y camisa blanca. Se había echado el pelo hacia atrás con gomina y parecía llevar la misma colonia que su padre.

Kerith soltó una carcajada.

—Creo que debería haberme arreglado un poco más. Estás muy elegante, Michael.

—Gracias. Y tú estás muy guapa. ¿Verdad, papá?

—Sí —asintió él, sin mirarla.

—¿Nos vamos? —preguntó el niño.

Kerith estaba deseando cenar y volver a su casa.

Tenían que caminar despacio a causa de la escayola y cuando se sentaron en una terraza, todo el mundo se volvió para mirarlos.

—Parecemos una familia —dijo Michael,

contento—. Nos están mirando.

—Sí —asintió su padre—. Pero yo creo que es a Kerith a quien miran. Supongo que siempre te pasa lo mismo.

—Es que es muy guapa —rio el niño.

Incómoda, porque odiaba ser el centro de atención, ella se sentó sin decir nada y dejó que Tris pidiera por los tres, aunque hubo algunos desacuerdos.

Estaba claro que se llevaba muy bien con Michael. Había un fuerte lazo entre ellos, como si fueran amigos en lugar de padre e hijo.

Michael estaba muy preocupado por él y cada vez que cambiaba la pierna de posición, le preguntaba si le dolía.

—Estoy bien, pesado.

El crío se volvió hacia Kerith.

—¿Sabes que mi padre era un as de la aviación?

—Tu tía me contó algo.

En realidad, lo que Eva le había dicho era que Tris siempre estaba jugando con sus aviones y nunca cuando su hermana lo necesitaba.

—Era piloto de transporte.

—¿Qué es eso, exactamente? —preguntó ella.

No tenía ningún interés en lo que hacía aquel hombre, pero debía seguir la conversación para no ser grosera, se dijo.

—Transportaba avionetas y aeroplanos de Europa a Estados Unidos —contestó Tris.

—El avión que más le gusta es el Piper Warrior —entonó su hijo, emocionado—. Tiene dos tanques de combustible y vuela a treinta mil pies de altura.

—Qué bien —sonrió Kerith, impresionada por los conocimientos del niño.

—Eso es lo que yo voy a hacer cuando sea mayor. Es la última gran aventura de la aviación —dijo Michael, evidentemente repitiendo algo que había oído.

—¿Y a qué te dedicas ahora, Tris?

«A nada, seguramente», pensó. Y si Michael no hubiera estado allí, seguramente lo habría dicho en voz alta.

—Soy arquitecto.

—Ah —murmuró Kerith, sorprendida.

Esa era una profesión muy seria para alguien que, según Eva, nunca estaba más de dos días en el mismo sitio.

—Hay mucho trabajo. La gente está comprando propiedades en Francia —explicó Tris, como si hubiera leído sus pensamientos.

Michael terminó de cenar y se limpió primorosamente con la servilleta.

—Perdonadme un momento —dijo, levantándose.

—¿Dónde vas? —preguntó Kerith.

05102 2514

—Vuelvo enseguida.

—No te preocupes. Nos iremos dentro de poco —sonrió Tris, irónico, cuando el niño desapareció—. Michael dice que os veis mucho cuando está en Londres.

—No tanto. Eva lo lleva a casa algunos viernes, cuando su abuela está jugando al *bridge*.

—Y los sábados.

—Bueno, sí, los sábados también.

En los ojos azules del hombre había un brillo de humor que a Kerith le resultaba muy irritante.

—No te preocupes, no quiero tenderte una trampa. Sé que Eva tiene una ajetreada vida social y solo quería darte las gracias por cuidar de mi hijo.

—Ya.

No dijo nada más. Él seguía mirándola con esa expresión irónica que resultaba imposiblemente masculina.

—Y me gustaría mucho saber por qué una mujer tan guapa como tú está permanentemente a la defensiva.

Kerith tomó aire.

—No estoy a la defensiva y...

—Prefieres que no te diga que eres guapa. De hecho, preferirías que no pensase en ti para nada, ¿verdad?

—Verdad —contestó ella, con brutal

sinceridad. Tris sonrió y eso la puso más nerviosa todavía. Pero debía decir algo, cualquier cosa—. Menos mal que esta mañana estaba en la playa. Si no, no me habríais encontrado.

—Y menos mal que Michael sabe dónde vives —dijo él, mirándola a los ojos—. No quería que estuviera solo conmigo si... bueno, si las cosas no hubieran salido bien. El pobre ya tiene que soportar más que suficiente.

—Sí, la ruptura de un matrimonio es dura para cualquier niño. Nunca se sabe cuánto los afecta —dijo entonces Kerith, con una dureza inusual en ella.

—Mi mujer y yo nos separamos cuando él tenía menos de un año.

—Ya, bueno. Y luego Ginny murió trágicamente...

—¿Es un reproche, señorita Deaver?

—Claro que no. Además, no es asunto mío —replicó Kerith.

—No, es verdad. Pero tengo la impresión de que tus padres también se separaron.

—Pues sí.

¿Habría notado que eso le seguía doliendo? Seguramente. La separación de sus padres la había convertido en lo que era.

Tris asintió con la cabeza, pero no siguió con el asunto.

—Era lógico que estuvieras en la playa. Eso es lo que hace todo el mundo en vacaciones, ¿no?

—Sí, claro.

Pero ella no era «todo el mundo» y la irritaba ser tan predecible.

—Intentaré no involucrarte en ningún otro drama —dijo él entonces.

—Si Michael está en medio, prefiero involucrarme. Le tengo mucho cariño… y, por cierto, ¿dónde está?

Tris se echó hacia atrás en la silla, sonriendo.

—Me parece que quiere dejarnos solos.

Capítulo dos

QUÉ? —exclamó Kerith.
—Quiere que estemos solos. Y no lo animes, por favor.
—¿Que yo lo animo? ¿Estás loco?
Tris soltó una carcajada.
—Eso dicen.
—¿Cómo puedes creer que yo estoy promoviendo esta... esta...?
—¿Intimidad? Claro que no. Pero como no tienes novio...
—¿Y qué? ¡Michael no puede pensar que estamos interesados el uno en el otro!
—Pues no deja de decirme lo maravillosa que eres.
—Y supongo que te resultará muy aburrido.
Tris sonrió y Kerith tuvo que apartar la mirada; la sonrisa de Tris Jensen era más masculina, más sexy que la de ningún otro hombre que hubiera conocido nunca. Era una sonrisa francamente irresistible.
—¿Mi hijo no te habla bien de mí?
—No —contestó ella.
Pero no era cierto. Michael siempre le hablaba bien de su padre. Constantemente.

Y hablaba con ella porque no podía hacerlo con su tía y su abuela.

—Bueno, la verdad es que sí habla bien de ti.

—¿Y no se te había ocurrido pensar que tenía en mente emparejarnos?

Kerith negó con la cabeza. Aunque en el hospital…

—Me preguntó si no me caías bien —dijo entonces. Y cuando habían llegado a la terraza, el niño había dicho que parecían una familia—. ¡Oh, no!

—No te preocupes. Se le pasará —rio Tris.

—¡No tiene ninguna gracia!

—No, es verdad. ¿Quieres un café?

—Vale —murmuró ella, distraída—. ¿Y por qué quiere que vuelvas a casarte? Porque supongo que será eso, ¿no?

—No sé.

—Siempre está diciendo: «mi padre y yo esto, mi padre y yo lo otro…». Creí que estaba contento con la situación. Y no parece que recuerde a su madre.

—No —asintió Tris.

—¿Habla de ella alguna vez?

—A veces. Pero yo no pienso volver a casarme.

Como si a ella le importase algo.

—Eso nunca se sabe.

—Yo sí lo sé.

—Puede que te enamores.

—Puede.

Kerith estudió aquel rostro masculino que, poco a poco, empezaba a resultarle familiar.

—Pero no piensas casarte.

—No.

¿Por su ex esposa?, se preguntó. ¿El matrimonio habría sido una experiencia tan mala? Quizá, a pesar de la separación, seguía enamorado de Ginny. ¿O estaría convencido de que él no podía tener una pareja estable?

Por el rabillo del ojo, Kerith vio que Michael se dirigía hacia ellos muy despacio, con las manos a la espalda.

Cuando llegó a su lado, el niño le dio un paquete que llevaba escondido.

—Para darte las gracias —anunció—. Espero que te guste. Puede que no sea...

Su padre le hizo un gesto con la mano.

—Sabes que le gustará porque lo has elegido especialmente para ella. Nunca le digas a una chica: «puede que no te guste lo que te he comprado» —dijo, tomándolo por los hombros—. Bien hecho, Michael.

Kerith estaba sonriendo.

—No sé qué decir.

—Gracias, por ejemplo —sonrió Tris.

—Gracias, Michael —sonrió ella—.

¿Puedo abrirlo ahora?

—Sí —contestó el niño, más contento que unas pascuas.

Kerith rasgó el papel cuidadosamente y descubrió una caja de bombones artesanos.

—Qué ricos. ¿Cómo sabías que soy adicta al chocolate?

—Me lo imaginaba —rio Michael.

—Gracias otra vez. Es un regalo estupendo —dijo ella, inclinándose para darle un beso en la mejilla—. ¿Quieres uno?

—¿Puedo?

—Claro.

Mientras Michael elegía el bombón, Kerith se preguntó si habría ido él solo a comprarlos. Un poco peligroso para un niño de solo ocho años.

—La dueña del restaurante fue con él —dijo entonces Tris, de nuevo como si pudiera leer sus pensamientos—. Lo hablamos esta tarde.

—Yo no he dicho nada —sonrió ella.

—Pero lo has pensado.

Era cierto. Y, por lo tanto, no tenía sentido discutir.

—¿Quieres un bombón?

—No, gracias.

—Una cena estupenda, una caja de bombones artesanos... Un buen principio para mis vacaciones.

—¿Qué planes tienes? —le preguntó Tris.

—Pienso ir a La Rochelle y a Rochefort. Esta es la región del coñac y quiero investigar las bodegas y destilerías. Cuando no esté haciendo eso, estaré tumbada en la playa.

—¿Y no te sentirás sola? —preguntó Michael.

—¡No, por favor! Me gusta estar sola. No tengo que consultar con nadie, ni pedirle opinión a nadie y puedo hacer exactamente lo que me dé la gana. Tú también estarás muy ocupado, ¿no? Aprendiendo a navegar, montando a caballo, nadando… —Kerith tomó su copa de vino y brindó por los dos—. Gracias por la cena. Nos veremos la próxima vez que vengas. Entonces podrás contarme todo lo que has hecho.

El niño no parecía muy contento.

—Podríamos quedarnos aquí unos días.

—¿Para qué? Piensa en todas las cosas que podrás contarme cuando nos veamos de nuevo —dijo ella, levantando la cabeza para mirar a su padre—. Espero que tu pierna se cure. Y ahora, adiós. Tengo que irme. No, no te levantes —añadió, apresuradamente—. Adiós, Michael.

—Adiós —se despidió el crío, casi haciendo un puchero.

Se le pasaría, pensó Kerith. Probablemente, al día siguiente se habría olvidado de ella.

Entonces, ¿por qué se sentía como si lo hubiera traicionado? Los niños solían ser manipuladores... y ella se había portado como una idiota. Tris Jensen probablemente estaba dándole las gracias al cielo porque no tenía que volver a verla.

Pensativa, tomó el camino más largo para volver a su apartamento. Había mucha gente por la calle y no tenía miedo de pasear sola. En circunstancias normales, Michael y su padre la habrían acompañado a casa. Pero aquellas no eran circunstancias normales.

Y cuanto antes se metiera el niño en la cabeza que no iban a ser novios, mejor.

Aunque lo encontrase atractivo, que tampoco era para tanto, entre Tris Jensen y ella nunca podría haber nada. Tenía su vida planeada al detalle. Siempre había sido así. Y cuando todo empezaba a ir como había esperado, no pensaba ponerlo en peligro por nada del mundo.

Tenía la oportunidad de trabajar para una empresa de subastas más prestigiosa, de ganar más dinero y tener más responsabilidades. Él vivía en Francia, ella en Inglaterra...

Además, jamás mantendría una relación con un hombre como aquel. Un hombre igual que su padre.

No, eso no era cierto. Tris no era como su padre. Era encantador, como él, pero mucho más profundo, menos frívolo. El encanto de su padre había sido solo exterior y bajo la fachada solo había petulancia. Tris Jensen no parecía ser así.

Por fin, Kerith podía ver a su padre por lo que era... por lo que fue. Años atrás, su madre había recibido una carta de una firma de abogados diciendo que había fallecido. Nada más, ninguna información sobre cómo había vivido después de abandonarlas. Solo un par de líneas informando de su muerte. Al menos, había dejado en su testamento el encargo de que informasen a su familia. ¿Habría lamentado alguna vez haberlas abandonado?, se preguntó.

Nunca lo sabría. Pero, al menos, después de tantos años podía pensar en él con objetividad, con la percepción de un adulto.

Como su madre que, aun sabiendo que iba a hacerle daño, aun sabiendo que con él solo podría perder, había caído en sus brazos.

Quizá alguna vez pensó que podría cambiarlo y, al no conseguirlo, se volvió una amargada. Y seguía siéndolo después de tantos años.

Esa amargura había marcado a Kerith, convirtiéndola en lo que era: una mujer volcada en su trabajo, para quien la vida profesional era mucho más importante que la vida amorosa.

¿Sería demasiado tarde para cambiar?, se preguntó. Probablemente. Además, la seguridad económica y la independencia eran fundamentales.

El problema era que los Tris de este mundo hacían que los demás empezaran a darle vueltas a la cabeza, que desearan compartir, tener pareja... y ella no tenía tiempo para eso.

No, Tris Jensen estaba a salvo. Y ella también.

«Así que deja de pensar en él», se dijo a sí misma, impaciente. «Deja de pensar en sus ojos azules llenos de humor, en su cabello despeinado, en su sonrisa...» «Deja de pensar en su cuerpo fibroso y bronceado».

Apoyándose en el dique de piedra, Kerith miró la playa desierta. Estaba preciosa a la luz de la luna, pero no había parejas paseando de la mano.

Tras ella, un enorme bullicio de terrazas y cafés, de gente que salía a cenar para disfrutar de las vacaciones. Pero donde estaba era como un remanso de paz. Un lugar muy solitario.

Qué bobada, pensó. Ella nunca se sentía sola. Se había entrenado para no sentirse sola.

Absurdamente, se preguntó si Tris y Michael seguirían en la terraza. ¿De qué estarían hablando?

Unos minutos después volvió a su apartamento, evitando el contacto visual con los jóvenes que se cruzaban con ella. Era lo mejor. Una mirada, por muy breve que fuera, y los hombres pensaban que podían ponerse a tontear.

Y ella no quería hacerlo. No sabía cómo hacerlo.

Hacía demasiado calor como para dormir y Kerith no podía dejar de pensar en Michael, en Tris y en por qué Eva odiaba tanto a su ex cuñado.

Quizá porque era un recordatorio constante de la hermana que había perdido. Una hermana que nunca vería crecer a su hijo.

Y era mucho peor para su abuela porque se suponía que los padres no debían sobrevivir a los hijos. Además, Eva siempre le había dicho que Ginny era la favorita de su madre.

Cansada y nerviosa, Kerith se levantó a las siete de la mañana y abrió las puertas del balcón.

Empezaba un nuevo día.

No buscaba a Michael y a su padre en la

playa mientras tomaba el sol, pero cada vez que oía reír a un niño se daba la vuelta.

Estaba preocupada por la pierna de Tris, se decía a sí misma.

Nerviosa, Kerith se acercó a una de las terrazas para tomar café. Cuando, unos minutos después, levantó la cabeza del periódico y vio a Tris a su lado casi dio un salto.

—La pierna está mejor —sonrió él.

—Me alegro.

—Sabía que ibas a preguntar.

Ella se volvió hacia la playa.

—¿Dónde está Michael?

—Allí —contestó Tris, señalando a un grupo de niños que jugaba en la arena.

—Y tú estás aburrido.

—No, solo quería tomar un café. ¿Puedo invitarte?

—No, gracias, acabo de tomar uno.

Él llamó al camarero y, mientras esperaba, tomó una servilleta de la mesa. Unos minutos después, había hecho una rosa de papel.

—Para ti. Uno de mis muchos talentos.

—¿Nunca te tomas nada en serio?

—A Michael —contestó Tris, sin parecer ofendido.

Sí, a Michael. Y su trabajo, seguramente. Los arquitectos no eran conocidos por su frivolidad.

Pero dudaba que tomase en serio sus

aventuras amorosas y tenía una legión de ellas... o eso le había dicho Eva. Según ella, esa había sido la razón para que su hermana pidiera el divorcio. O una de ellas. Que Tris fuera piloto y estuviera cada día en un sitio era otra. ¿Habría habido una chica en cada puerto? O en cada aeropuerto, más bien.

Seguramente, sí. Tris parecía el tipo de hombre que tenía aventuras en todas partes.

¿Y por qué le importaba a ella? No le importaba nada, se dijo. Pero su proximidad, su sonrisa... Kerith no sabía cómo reaccionar ante determinados sentimientos.

—Tengo que irme —anunció abruptamente—. Adiós.

Mientras caminaba entre las mesas a toda prisa, iba regañándose a sí misma. Sería idiota... ¡Salir corriendo! ¿Por qué no se había quedado a charlar cinco minutos? No podía ser tan difícil.

Y al día siguiente, Tris Jensen se habría ido.

Las dos semanas de vacaciones pasaron rápidamente. Kerith había hecho todo lo que quería hacer: investigar en las destilerías de coñac, hurgar en las tiendas de antigüedades, incluso tomó un barco para ir a Iles d'Aix, donde Napoleón estuvo prisionero durante un breve período de tiempo antes de ser confinado en la isla de Santa Helena.

Pero durante aquellas dos semanas, estuviese donde estuviese, no podía quitarse de la cabeza a un hombre de ojos azules.

Bronceada y en forma, volvió a Londres y estuvo contando los días que quedaban para que Eva volviera de sus vacaciones. ¿Por qué?, se preguntó. ¿Para que le hablase de Tris? Eso era absurdo.

Además, siempre que hablaba de su ex cuñado, echaba pestes.

Eva llamó a su puerta una mañana, a finales de agosto, cuando Kerith estaba a punto de irse a trabajar.

—Hola.

—Menudo saludo para alguien a quien no has visto en seis semanas. ¿Dónde estabas?

—En Grecia, ya te lo dije.

—¡Durante quince días! ¿Qué has hecho después?

—Sí, bueno… Es que conocí a un tío guapísimo.

—¡Eva! —exclamó Kerith.

Su amiga y vecina sonrió. Más bajita que ella, delgada y unos años mayor, Eva estaba morenísima y muy contenta.

—Lo he pasado fenomenal.

—¿Te han dado seis semanas de vacaciones?

—No. He dejado mi trabajo. Y ahora me vuelvo a ir.

—¿Dónde?

—A Grecia. ¡No me mires así! —le rogó Eva—. Volveré el viernes para recoger a Michael que está pasando una semana con mi madre. ¿Qué te pareció, por cierto?

—¿Quién? —preguntó Kerith.

—¡Tris! Me han dicho que se ha roto una pierna.

—Sí, es verdad.

—¡Y Kerith llegó al rescate, como siempre! Bueno, ¿qué te pareció?

—Nada —contestó ella.

—No mientas. Tris no es la clase de hombre que despierta esa reacción. Es muy atractivo, ¿verdad?

—A mí no me gusta ese tipo de hombre.

—Mejor. Él solo tiene aventuras y tú esperarías un anillo de compromiso, ¿no?

—Con tu cuñado, no. Y tengo que irme, es tarde.

—¿De verdad no te pareció guapo?

—No.

—Mejor —sonrió Eva—. Nos veremos el viernes, antes de que me marche.

Kerith esperaba a Eva cuando sonó el timbre el viernes por la noche.

Y se quedó perpleja al ver a Tris Jensen.

—Hola —la saludó él. Kerith se quedó mirándolo, boquiabierta—. Se me había olvidado lo guapa que eras —dijo Tris entonces, sonriendo—. Lo siento.

—¿Qué es lo que sientes?

—He venido a buscar a Michael.

—¿A Michael? Pero si no está aquí...

—No, lo sé. Está en casa de su abuela. Lena me ha dicho que tú tienes una llave del apartamento de Eva.

—¿De Eva?

—Sí —contestó él, pasándose una mano por el pelo—. Perdona, me parece que no he sabido explicarme. Eva ha tenido un accidente y hay que llevarle sus cosas al hospital. Está bien, solo un par de costillas rotas —dijo entonces, al ver la expresión de Kerith—. Pero Lena no tiene llave.

—No entiendo nada.

Tris no pudo contener una risita.

—Vale, vamos a empezar otra vez. Lena, la abuela de Michael, me ha dicho que tú tienes una llave del apartamento de Eva y tengo que entrar para buscar sus cosas.

—Suele dejarme una llave, pero esta vez no lo ha hecho. ¿De verdad está bien? —preguntó Kerith.

—Sí.

—¿Y qué piensas hacer?

—Llamar a un cerrajero —sonrió él—. ¿Puedo entrar un momento?

—Sí, perdona. Me has pillado por sorpresa.

Kerith abrió la puerta y se encontró, de repente, casi aplastada contra la pared del estrecho pasillo. Nerviosa, pasó delante para llevarlo al salón.

—¿Cómo ha ocurrido el accidente?

—Estaba haciendo esquí acuático y se dio un golpe contra el agua —contestó Tris, dejando una bolsa de viaje en el suelo.

Sobre la bolsa, un jersey de color gris que hacía juego con el polo gris que llevaba puesto. Ya no tenía escayola.

—¿Acabas de llegar? —preguntó ella.

Tontamente porque llevaba una bolsa de viaje, de modo que acababa de llegar.

—Sí.

Confusa y enfadada consigo misma por su nerviosismo, Kerith dijo abruptamente:

—Voy a hacer café.

Cuando entró en la cocina, tuvo que tomar aire. Había olvidado lo alto que era, lo fuertes que eran sus brazos... No, no lo había olvidado. Durante aquellas semanas, había recordado cada línea de su cara, cada puntito dorado en sus ojos azules.

Mientras estaba echando el café, Tris entró en la cocina.

—¿Has cenado ya?

—No.

Tenía el pelo un poco más largo y estaba moreno. Parecía cansado y su rostro le resultaba tan entrañable...

«Cállate, Kerith».

—¿Alguien más tiene una?

—¿Una qué?

—Una llave —sonrió Tris.

—Ah. No —murmuró ella, sintiéndose como una auténtica payasa—. ¿Cómo te enteraste del accidente?

—Un amigo de Eva llamó desde Corfú, por lo visto.

—¿Cómo te gusta el café?

—Solo, gracias.

—Podría hacerte un sándwich si quieres... —se ofreció Kerith, mientras encendía la cafetera.

—No, gracias. Cenaré más tarde.

—Ya es tarde —insistió ella—. Podría hacerte una tortilla francesa o una ensalada, lo que prefieras.

¿Por qué insistía? ¿Por qué le pedía que se quedase a cenar?

—Vale, lo que tú quieras.

—Tristram, pónmelo más fácil.

—Una tortilla francesa.

—Gracias.

—Con un poco de ensalada.

—Con ensalada —sonrió Kerith.

Tris se apoyó en la repisa, sonriendo.

—Gracias otra vez.

—¿Michael sabe lo que le ha pasado a su tía?

—Sí, claro.

—Estará disgustado el pobre.

—Un poco —asintió él.

—No tiene mucha suerte con sus parientes —murmuró Kerith—. Su padre se rompe una pierna, su tía las costillas... ¿Qué os pasa?

Entonces recordó que la madre de Michael había muerto en un accidente de esquí y se quedó horrorizada.

—Perdona. No me daba cuenta... Ha sido un comentario muy poco afortunado.

—No pasa nada, Kerith.

Pero sí pasaba. Aquel hombre la ponía nerviosa y a ella le gustaban las cosas ordenadas, previsibles.

—¿Vas a ir a verla? —preguntó, echando los huevos en la sartén.

—Voy a llevarle sus cosas, sí.

—Su madre estará muy preocupada.

—Deja de cotillear —rio Tris, sirviéndose una taza de café.

—¡No estaba cotilleando!

—¿No?

—No.

Pero quizá sí lo estaba haciendo. Quizá quería saber algo más sobre él.

Cuando terminó de hacer la tortilla, sacó la ensalada de la nevera y lo colocó todo en una bandeja.

—¿Y los cubiertos?

—¿Eh? Ah, sí, claro —murmuró Kerith, sacando tenedor y cuchillo del cajón—. Perdona por lo de antes. No es asunto mío.

—No pasa nada.

—¿Puedo hacer algo?

Tris negó con la cabeza.

—A menos que conozcas a un buen cerrajero que trabaje las veinticuatro horas…

—Me temo que no —sonrió ella, saliendo de la cocina—. Vamos al salón.

Mientras Tris comía, lo observaba sin darse cuenta. Veía cómo, al inclinarse, la camisa se ajustaba a su torso, cómo se marcaban los bíceps bajo la manga de la camisa.

¿Sería idiota? Solo era un hombre.

Pero no lo era. Era el padre de Michael y el ex cuñado de Eva. Un canalla, según ella. Aunque no lo parecía.

—¿Conoces algún hotel cerca de aquí? En el que suelo alojarme no hay habitación.

—Puedes dormir aquí. Tengo una habitación de invitados.

¿Por qué había dicho eso? ¿Qué la había poseído para decir tal cosa? Ella no quería que durmiese en su casa. Tris la ponía nerviosa y no le gustaba estar nerviosa.

Él la miró a los ojos.

—¿Estás segura?

—Pues claro que sí. ¿Por qué no iba a estar segura?

—Por mi reputación —sonrió Tris.

Sabía que Eva hablaba mal de él. Por supuesto. Eva era la clase de persona que dice las cosas a la cara. Por eso, en Francia, intuyó lo que estaba pensando cuando Michael fue a comprar los bombones. Sabría o sospecharía que su ex cuñada hablaba mal de él y de su forma de tratar al niño.

—Supongo que no intentarás propasarte —intentó bromear.

—Claro que no —rio él, dejando los cubiertos sobre el plato—. Gracias por todo. No me apetece ponerme a buscar hotel a estas horas.

—¿Más café? —preguntó Kerith que, sin esperar respuesta, tomó la bandeja y se dirigió a la cocina—. Has dicho que ibas a buscar a Michael.

—Sí. Mañana por la mañana.

Kerith se sobresaltó al escuchar su voz tras ella. ¿Por qué no se había quedado en el sofá?

—Y supongo que no puedes quedarte a dormir en casa de Lena.

—No.

—¿Y tu pierna ya está curada del todo? Se me ha olvidado preguntar.

—Está muy bien.

En Francia sonreía todo el tiempo, pero aquel día estaba más serio. Quizá estaba preocupado por Eva. Quizá incluso le caía bien su ex cuñada.

—¿Cómo has venido desde el aeropuerto? —le preguntó entonces, sin saber de qué hablar.

—En taxi.

—¿No tienes coche?

—Aquí, no. ¿Por qué no te vas a la cama? —preguntó él en voz baja—. No tienes que darme conversación.

—No, ya lo sé —murmuró Kerith—. Voy a hacerte la cama.

Cuando terminó, volvió al salón, nerviosa.

—¿Ya está?

—Ya está. Puedes ducharte, si quieres. Hay toallas limpias en el cuarto de baño.

—Buenas noches, Kerith. Y gracias otra vez.

Diez minutos después, ya en la cama, lo oía moverse por la casa. Apenas hacía ruido, pero saber que estaba tan cerca la mantenía despierta.

Con él se portaba como una tonta, incapaz de reaccionar de forma normal, incapaz de mantener una conversación medianamente sensata. Parecía una cría. Como le ocurría siempre con los hombres. Quizá podría practicar con él, aprender a tontear, aprender a estar a gusto con el sexo opuesto...

Sí, seguro, con Tris Jensen.

Entonces, lo oyó salir del baño. Después, silencio. Debía haberse ido a la cama. ¿Estaría pensando en ella? ¿Riéndose de su comportamiento?

Qué tontería. ¿Por qué iba a pensar en ella? Pero Kerith estaba segura de que no era tan malo como Eva lo pintaba. Además, no quería que lo fuera.

Quizá por el brillo de humor que había en sus ojos... o por su forma de tratar a Michael.

O quizá no era ninguna de esas cosas.

El ruido de la puerta la sorprendió y Kerith abrió los ojos, sobresaltada. Tris estaba en el umbral, con una taza en la mano.

—Buenos días. Te traigo un café.

Ella intentó decir algo, pero estaba medio dormida y no podía articular bien.

—Mmm...

—Veo que eres una dormilona. Yo, en cambio, salto de la cama por las mañanas con asombroso vigor —bromeó Tris, dejando la taza sobre la mesilla.

Después, salió de la habitación y cerró la puerta.

Kerith se mordió los labios. Nadie salta con asombroso vigor de la cama, pensó. O quizá sí. Sonriendo, tomó la taza de café.

Por la noche su aparición la había dejado atónita, pero aquella mañana todo estaba controlado, pensó. Llamarían a un cerrajero, él se marcharía y todo habría terminado.

El colegio empezaba la semana siguiente. Al menos, en Inglaterra.

Kerith entró en el cuarto de baño y cerró la puerta con cerrojo, algo que no hacía nunca. Porque nunca había un hombre en su casa.

Se portaría de forma agradable y simpática con él, se prometió a sí misma. Aquella mañana hablaría de forma normal y contestaría como lo que era: una mujer inteligente.

Después de ducharse entró en el salón y... lo encontró con el pie izquierdo sobre una silla, apoyándose en el respaldo para levantarse después.

Era tan alto que tenía que inclinar el cuello para no darse en la cabeza con el techo.

—¿Qué estás haciendo?

Tris bajó de la silla, sonriendo.

—Me has pillado. No te he oído entrar.

—¿Qué estabas haciendo?

—Mis ejercicios.

—Ah, pues sigue, sigue —murmuró Kerith.

—No hace falta —murmuró él, un poco cortado.

—Veo que te mantienes en forma.

—Los médicos me recomendaron ese ejercicio para fortalecer el hueso de la pierna. Y además sirve para impresionar a las chicas guapas —rio Tris.

—Ya. Bueno, voy a hacer el desayuno. ¿Huevos con beicon?

—Por favor.

Kerith tuvo que contener una carcajada. Tenía un aspecto tan gracioso inclinando el cuello para no darse en la cabeza…

—¿Has dormido bien? —le preguntó, intentando aparentar normalidad.

—Puedes reírte si quieres —dijo Tris.

—¿Por qué?

—Porque me has pillado haciendo una gimnasia muy rara.

—¿Por qué iba a reírme? —preguntó ella, controlando una risita.

—Ya, ya.

—¿Pan normal o tostadas?

—Tostadas —contestó Tris—. Por cierto, he llamado a un cerrajero. Llegará dentro de media hora. ¿Puedo hacer algo?

—Puedes poner la mesa.

Lo hizo sin hacer ruido. Hacía muy poco ruido aquel hombre. Era inusualmente silencioso, pensó Kerith.

Cuando se sentaron el uno frente al otro y Tris la miró a los ojos, no pudo contenerse más y soltó una carcajada. No sabía por qué. Le gustaba tenerlo en su casa, con el sol entrando por el balcón...

Pero, de repente, él la miró tan serio que se cortó. Algo había ocurrido. Algo que Kerith no sabría explicar.

—Perdona —murmuró, apartando la mirada—. Es que me ha dado la risa.

—Me gusta que te rías.

—Michael me ha dicho que tenéis una casa muy grande en Parthenay —dijo ella entonces, nerviosa.

—Demasiado grande para dos personas. El jardín sigue pareciendo una obra en construcción, pero ya queda menos.

—Debe ser genial que tu casa sea lo que siempre has soñado.

—Así es.

No volvieron a mirarse y parecía que ambos estuvieran haciendo un esfuerzo para mantener una conversación normal. Pero no era normal; era peligrosa.

Entonces sonó el timbre y los dos se sobresaltaron.

—Debe ser el cerrajero. No te levantes —
dijo Tris, aparentemente aliviado—. Gracias
por todo, Kerith.

—De nada.

No volvió, de modo que debía seguir en
el apartamento de Eva con el cerrajero. Y
cuando salió al pasillo, vio que la bolsa de
viaje había desaparecido.

La cama de la habitación de invitados estaba hecha, como si nadie hubiera dormido
allí.

Quizá lo vería más tarde. Pero sería mejor
que no.

Capítulo tres

¿**C**ÓMO pensaba ir a buscar a Michael?, se preguntó. ¿En taxi? Su abuela no vivía lejos, pero podía haberse ofrecido a llevarlo en su coche. No, no debía ofrecerle nada. Lo mejor sería alejarse de él. Ellos probablemente irían a Grecia y desde allí volverían a Francia.

Kerith hizo las tareas típicas del sábado y después salió de compras.

A la gente le sorprendía que viviera en Streatham. Pero no sabía por qué. A ella le gustaban los vecinos, las tiendas y el ambiente del barrio. Las casas no eran baratas, pero tampoco tan caras como en otras zonas de Londres.

Comió fuera y cuando volvió a su apartamento, encontró un enorme ramo de rosas blancas en la puerta. En la tarjeta, el dibujo de un flamenco apoyado en una sola pata, como él cuando entró en el salón por la mañana.

La tarjeta decía simplemente: *Gracias por todo. Tris.*

¿La habría encontrado en la floristería o la habría buscado especialmente? Qué tontería, se dijo. ¿Por qué iba a dar vueltas buscando algo especial? Ella solo era la vecina de su ex cuñada, alguien que le había dejado dormir en su casa una noche. Nada más.

Después de colocar las rosas en agua, Kerith salió al vestíbulo para ver si seguía en casa de Eva.

Pero cuando iba a llamar, la puerta se abrió y vio a Michael de espaldas hablando con su padre. En ese momento se preguntó, absurdamente, cómo sería tener un hijo. Alguien que la adorase como aquel niño adoraba a su padre. Como ella había adorado al suyo.

Kerith no había abandonado la idea de casarse y esperaba conocer algún día a alguien especial, alguien que viera lo que había bajo el escudo protector que ella se había colocado. Pero, por el momento, lo más importante era su carrera. Quería conseguir una reputación en el negocio de las subastas de arte. Y había tiempo; solo tenía veintiocho años.

—¡Hola, Kerith! —la saludó Michael—. Iba a verte ahora mismo.

—Qué bien. He venido a darle las gracias a tu padre por las flores.

—A mi padre le gusta mandar flores a todo el mundo.

—Michael... —dijo Tris entonces, con tono de advertencia.

—Iba a preguntarte dónde hay una ferretería. Tenemos que arreglar un enchufe —siguió el niño.

—¿Tenemos?

—¡Yo quiero ayudar!

—Ya, vale. Hola, Kerith —la saludó Tris entonces.

—Hola. ¿Tenéis que ir ahora mismo a la ferretería?

Él pareció sorprendido. O, más bien, como si estuviera distraído y no hubiese escuchado la pregunta.

—¿Si necesito qué ahora mismo?

—Ir a la ferretería.

—Ah, sí. Ese enchufe es peligroso.

—Hay una cerca de aquí. Voy a buscar las llaves del coche —dijo Kerith, dándose la vuelta.

—No hace falta. Podemos ir en taxi…

Aparentando no haber oído, ella entró en su apartamento. No pasaba nada. Cualquiera se habría ofrecido a llevarlos. Era algo normal.

Sí, bueno… debía ser sincera consigo misma: le gustaba Tris. Quería llevarlo en su coche y eso no era un crimen porque no podían ir más allá. Él vivía en Francia, ella en Inglaterra.

Ella tenía una carrera que le encantaba, Tris tenía un estudio de arquitectura. Que le hubiera enviado un ramo de flores para darle las gracias no significaba nada. Y que pareciese un poco cortado tampoco significaba nada. Solo que, seguramente, no quería pedirle más favores.

Deliberadamente, no se arregló. Ni siquiera se puso brillo en los labios. Sencillamente, tomó las llaves del coche y salió del apartamento.

Solo era un hombre, se decía a sí misma. Un hombre que le gustaba, pero nada más. No era para tanto.

Pero cuando Tris le dedicó una de esas sonrisas suyas... Kerith tuvo que apartar la mirada.

—Gracias por las flores.

Hubiera querido sonreír, portarse de forma normal, pero le resultaba imposible.

—De nada. No quería volver a molestarte —dijo él, mientras entraban en el ascensor—. Eres muy generosa y...

—No soy generosa —lo interrumpió Kerith—. Me meto donde no me llaman.

Tris no replicó y ella deseó con todas sus fuerzas poder comportarse como una chica normal, sonreír y flirtear como lo hacían las demás. Pero no podía hacerlo.

—¿No entras con nosotros? —le preguntó él cuando llegaron a la tienda.

—¿Para qué?

—Necesitamos ayuda. Hace años que no vivo en Inglaterra y no sé qué clase de enchufe comprar.

—Pero hay empleados y...

Tris le dedicó otra sonrisa y Kerith salió del coche. Tenía que admitirlo de una vez: le gustaba aquel hombre. Le gustaba mucho y quería estar con él. Aunque solo fuera un rato.

Cuando entraron en la enorme ferretería, ella fue directamente hacia la zona de electricidad. Pensaba que Michael y Tris la seguían, pero no era así. Estaban mirando unas brocas. «¿Los hombres son incapaces de comprar exactamente lo que quieren sin distraerse en una ferretería?», se preguntó.

—¡Mira, papá! —exclamó entonces Michael, señalando un aparato que, aparentemente, servía para lijar papel pintado.

Kerith habría querido estar con ellos, reírse con ellos, apoyar la cabeza en el hombro de Tris y tomar al niño de la mano...

Era una idiota, se dijo. Y empezaba a perder el control de sus sentimientos. Volviéndose de espaldas deliberadamente, se dedicó a buscar enchufes y destornilladores, porque imaginaba que Eva no tendría nada de eso en casa. Y cuando se volvió hacia la zona de bricolaje, padre e hijo habían desaparecido.

Al final, los encontró revoloteando por

la zona de aparatos electrónicos: artilugios para apagar y encender el estéreo a distancia, mandos para controlar la subida y bajada de persianas… estaban como en una juguetería. Parecían felices y contentos, sin necesitar a nadie que les hiciera compañía.

—Eva no necesita tanto artilugio —les dijo, a modo de saludo.

Tris la miró, sonriendo.

—¿Has encontrado cinta aislante?

—¿Cómo?

—Cinta aislante, para los cables.

—Pues no. ¿Por qué no la buscas tú? —le espetó Kerith—. Os espero en la caja… ¡en dos minutos!

Tris soltó una carcajada… y le dio un beso en la nariz.

Atónita, Kerith se puso como un tomate y, para disimular, se dio la vuelta.

—Vamos, Michael. No hay tiempo para jugar.

—¡No he sido yo! —protestó el niño—. Has sido tú el que…

No debía seguir pensando en él, se dijo Kerith. Y no lo haría. Era ridículo. Pero tuvo que apoyarse en una columna. Solo le había dado un beso en la nariz, como habría hecho con su hijo. No significaba nada.

—¿Se encuentra bien?

Distraída con aquellos pensamientos,

Kerith no había visto a un joven empleado que la miraba con gesto de preocupación.

—¿Qué? Ah, sí, gracias. Estaba buscando cinta aislante.

—Por aquí, señorita —dijo entonces el joven, caminando hacia atrás.

El pobre parecía hipnotizado y ella no pudo evitar una risita. El chico lanzó un dramático suspiro y, sin darse cuenta, se chocó contra alguien: Tris.

—Perdone —intentó disculparse.

—Será mejor que mires por dónde vas —le recomendó él, sin dejar de sonreír.

—Sí, es verdad. Pero... ¿ha visto alguna vez una chica tan guapa?

—Guapísima. Y ella lo sabe —dijo Tris—. Por cierto, he encontrado la cinta aislante.

—Qué gracioso.

—¿No querías que la encontrase?

—No me refería a eso y tú lo sabes —replicó ella, irritada.

—Claro que lo sé. Y tú sabes lo guapa que eres. No estás ciega, ¿no?

Lo estaba. Debía estar ciega porque no se daba cuenta de que aquel hombre era un peligro.

—Mira...

—Por cierto, el chico lo habría hecho mejor si te hubiera dicho que tienes unos labios que están pidiendo un beso a gritos.

Porque es verdad.

Después de eso, Tris se dirigió a la caja, donde Michael esperaba. Kerith lo siguió, muda.

¿Pidiendo un beso a gritos? ¿Eso era lo que pensaba? De repente, se le hizo un nudo en la garganta. No había pensado en besarlo. De verdad que no.

Hasta aquel momento. Y cuando lo vio en el descansillo, había tenido la impresión de que estaba actuando. ¿Por qué? ¿Porque también él intentaba aparentar que no estaba interesado?

Pero aquellos pensamientos no llevaban a ninguna parte. Un hombre como Tris Jensen no tenía necesidad de actuar. Un hombre como él sabía cómo portarse cuando se sentía atraído por una mujer; solo los tontos como ella no sabían qué hacer.

Mientras volvían a casa en el coche, Kerith no podía dejar de darle vueltas a la cabeza y, distraída, entró con ellos en el apartamento de Eva.

Tris se agachó para arreglar el enchufe y ella se quedó mirándolo. Tenía un bonito perfil: recto, fuerte, muy masculino. El pelo le llegaba hasta el cuello de la camisa y parecía suave como la seda.

Cuando él levantó los ojos, Kerith volvió la cabeza y se quedó mirando deliberadamente una fotografía de su difunta esposa, que Eva tenía sobre la mesita.

Aquel hombre no era para ella, se recordó a sí misma. Mientras Tris trabajaba, Michael lo miraba todo como si quisiera grabarlo en su memoria, con la típica admiración de un niño por su padre.

Kerith abrió la boca para decir que él no debía tocar los cables eléctricos, pero la cerró sin decir nada. No era ella quien debía darle ese tipo de consejo.

Sobre todo, porque media hora después padre e hijo habrían desaparecido de su vida.

—¿Ves? No soy un inútil —bromeó Tris entonces.

—Yo nunca he dicho que lo fueras.

—Ya, ya.

—Tengo que irme. Dale un beso a Eva de mi parte.

Michael la acompañó a la puerta y Kerith salió del apartamento como alma que lleva el diablo.

Cuando entró en el suyo, se apoyó en la pared, respirando profundamente. Estaba sin aire y no a causa de la carrera por el descansillo.

No debía ver a Tris Jensen de nuevo. Nunca.

Entonces miró las flores que él le había

enviado y se acercó para acariciar los pétalos. No significaba nada, se dijo. Nada en absoluto.

Entró en la cocina y encendió la cafetera. Pero después la apagó. No le apetecía tomar café. No le apetecía hacer nada.

No los vio al día siguiente cuando entró en el apartamento de Eva para regar las plantas.

Pero no podía dejar de pensar en Tris; en su sonrisa, en el brillo de sus ojos azules... y en cómo había dicho que estaba pidiendo un beso a gritos.

Estaba tonteando, se dijo. Como había tonteado con la chica de la caja. Bueno, no tonteando, pero haciéndose el simpático. El gran seductor, el hombre que gusta a todas las mujeres...

El lunes no fue mejor. Distraída y, por lo tanto, ineficaz, se hartó de que sus colegas preguntaran si le pasaba algo.

Uno de ellos, sorprendido por su aire distraído, incluso se había atrevido a preguntarle si estaba enamorada.

«No seas ridículo», le había dicho Kerith. Por supuesto que no estaba enamorada. Estaba preocupada por Eva. Y por Michael.

No tenía nada que ver con el hombre de los ojos azules.

Cuando iba a entrar en su apartamento, se detuvo al escuchar una voz muy familiar que la llamaba desde la calle.

Y, como siempre que se enfrentaba con Tris Jensen, su corazón empezó a latir a una velocidad que no era nada normal.

—Te he visto salir del coche.

—¿Y? —preguntó Kerith, usando el arma que solía usar cuando no sabía qué hacer: la antipatía.

—Que no tengo llave del portal.

—¿Y cómo entraste el otro día?

—Llamando a un timbre. La gente por aquí es muy amable.

La gente por allí no era muy amable, pero lo serían con él. Seguro. Sobre todo, las mujeres.

—Yo tengo una llave de más. Puedo dártela, si quieres. Pero tienes que devolvérmela antes de marcharte.

—Sí, señora.

Kerith lo fulminó con la mirada.

—¿Has visto a Eva? —le preguntó, mientras subían en el ascensor.

—Sí.

—¿Cómo está?

—Mejor. Volverá a Londres la semana que viene.

Cuando llegaron al piso, los dos se quedaron parados en el vestíbulo y Tris carraspeó; un sonido muy masculino. ¿Cómo sería darle un beso?, se preguntó Kerith.

—Michael está jugando con unos vecinos de Lena. Están construyendo una casa de madera.

—Ah. ¿Y no te has quedado a ayudarlos? —murmuró ella, distraída. Sus ojos eran de color azul cielo, con puntitos dorados...

—No.

—No sueles quedarte en Inglaterra muchos días, ¿verdad?

—No.

Entonces, ¿por qué se quedaba aquella vez? Pero no pensaba preguntar.

—¿Michael no tiene que ir al colegio?

—Empieza dentro de dos semanas.

—¿Y vas a quedarte aquí hasta entonces?

—Sí.

Qué raro, pensó Kerith. ¿Por qué se quedaba en casa de una ex cuñada que decía odiarlo? Quizá no tenía mucho dinero. Tantos viajes de ida y vuelta a Grecia debían haberle costado un dineral.

—Ya.

Durante toda la conversación no dejaban de mirarse a los ojos, pero ella no se daba cuenta. O, más bien, no podía mirar a ningún otro lado.

—No se lo digas a Eva.

71

—¿Que no le diga qué?

—Que estoy en su casa.

—A ella no le gustaría, ¿verdad?

—No —sonrió Tris.

—No se lo diré, pero...

—¿Debería irme a otro sitio?

—No, pero no podré mentirle si me pregunta.

—Yo no te pediría que mintieras, Kerith.

Ella se volvió hacia la puerta.

—Voy a darte la llave.

—¿Qué vas a cenar? —preguntó él entonces.

—Yo no te he invitado.

—Ya lo sé. Quería invitarte yo a cenar fuera.

—No, gracias —contestó Kerith, sin volverse.

Sabía que él estaba sonriendo. Lo sabía. Porque estaba actuando. No, no estaba actuando.

—Entonces, dime dónde puedo ir.

—Hay muchos restaurantes en la calle Hill. Pero no sé cuál es el mejor.

—No me gusta comer solo.

—Pues lo siento por ti.

La risa ronca del hombre hizo que se le pusiera la piel de gallina.

—Qué dura eres.

Intentaba serlo, desde luego.

Tris esperó fuera mientras ella iba a buscar la llave. Cuando se la dio, la guardó en el bolsillo, sonriendo.

—Gracias.

—No olvides devolvérmela antes de irte.

—No lo olvidaré. ¿Cuándo es tu próxima subasta?

—¿Por qué quieres saberlo? —preguntó Kerith, recelosa.

—Por nada, solo quería hablar de algo.

Necesitaba una barrera, algo que la separase de él; por eso empezó a cerrar la puerta.

—Tengo que... irme.

—Perdona. Es que no estoy acostumbrado a estar solo.

—No, ya me lo imagino. Y supongo que habrá cientos de mujeres deseando que no lo estés.

Tris soltó una carcajada.

—Ojalá. ¿Por qué te caigo tan mal, Kerith?

—No me caes mal. Adiós.

—¿Vas a darme con la puerta en las narices?

—Si no te vas, sí.

—¿Cuándo piensas invitarme a una de tus subastas?

—No lo sé. Nunca.

—¿Por qué? Me han dicho que eres muy buena.

—Lo soy.

—Sí, eres de esas personas eficientes en todo —sonrió Tris.

—Pues no se me da nada bien librarme de ti.

De nuevo, él sonrió.

—Que lo pases bien.

Kerith cerró la puerta. No debía volver a verlo. Nunca.

Lo vio al día siguiente, por la noche. Estaba en el descansillo, hablando con una vecina.

Y cuando lo vio, su corazón dio un vuelco. De felicidad.

Pero sentirse atraída por Tris Jensen era una pérdida de tiempo. No llegaría a nada con él. Era imposible. Vivía en Francia y le había dicho que no pensaba volver a casarse nunca.

Además, ella no quería casarse. Y no quería vivir en Francia. Quería ser independiente, sentirse segura. Vivir una vida... aburrida.

La señora Davies sonrió al verla.

—¡Justo la persona que necesitábamos! —exclamó—. Estábamos hablando de ti precisamente.

—Espero que fuese algo bueno —sonrió Kerith.

—Claro que sí. ¿Quién va a decir algo

malo de ti? ¿O tú de ellos?

—Si una camisa no le gusta… —empezó a decir Tris en voz baja.

—¿Cómo? —preguntó la señora Davies.

—Nada, nada.

—El caso es que te necesitamos, Kerith.

—¿A mí?

—No, déjalo. No hace falta —dijo él entonces.

—Claro que hace falta. Y Kerith es la persona más amable de la casa —insistió la vecina—. Ay, me parece que está sonando mi teléfono… sí, es el mío.

Después, salió corriendo escaleras arriba, dejando a Kerith sola con Tris.

—¿Lo eres?

—¿Si soy qué? —preguntó ella.

—¿Tan amable con todo el mundo?

—No. ¿Para qué me querías?

—Para nada.

—Tris…

—No, de verdad. No quiero pedirte más favores. Ya te he pedido demasiados.

Kerith se encogió de hombros.

—¿Qué es lo que querías?

Tris dejó escapar un dramático suspiro.

—No sé cómo poner la lavadora.

Ella lo miró, incrédula.

—No puede ser. ¡Pero si has viajado por todo el mundo!

—Es más difícil poner una lavadora que pilotar un avión.

Kerith contuvo una risita.

—Si estás mintiendo...

—¿Por qué iba a mentir?

Sí, eso era cierto. ¿Por qué iba a mentir? Kerith indicó con la mano el apartamento de Eva.

—A ver...

—He intentado todas las combinaciones posibles —dijo él, mientras abría la puerta—. ¿Por qué hay tantos botones?

—No lo sé. Supongo que porque están hechas por hombres —contestó Kerith, con la amabilidad que la caracterizaba en sus relaciones con el sexo opuesto.

—¿Hoy has tenido mucho trabajo? —le preguntó Tris.

—Mucho.

No había tenido más trabajo del normal, pero era una buena excusa para su extraño comportamiento.

Cuando entraron en la cocina, recordó que la de Eva era mucho más pequeña que la suya. Y como apenas había sitio para los dos, tenía que pasar muy cerca de él. El aire parecía cargado de electricidad mientras se colocaba delante de la lavadora.

—¿Está llena de ropa?

—Sí.

—¿Qué clase de ropa?

Como él no contestó, Kerith se dio la vuelta para mirarlo. Con un brillo de desafío en los ojos al ver que estaba sonriendo.

—Tienes unos ojos preciosos.

—No sigas por ahí.

—Perdón.

Asustada porque no sabía cómo reaccionar, asustada porque estaban demasiado cerca y la proximidad del hombre la ponía nerviosa, tuvo que apartar la mirada.

—¿Qué clase de ropa?

—Pues... ropa interior, un par de camisas y toallas.

—¿Todo del mismo color?

Tris negó con la cabeza.

Levantando los ojos al cielo, Kerith se agachó para abrir la lavadora. Separó la ropa blanca de la de color y después cerró la puerta. Tenía una ropa interior muy bonita, pensó tontamente.

Furiosa consigo misma, echó el detergente y pulsó el botón.

—Cuando haya terminado, dentro de una hora más o menos, todo estará casi seco. Es una lavadora—secadora y si lo doblas todo con cuidado, no tendrás que plancharlo. Para el resto de la ropa, debes hacer lo mismo: echas detergente y después la pones en el número cuatro, ¿ves?

—El número cuatro. Gracias.

—De nada.

—Por cierto…

Ella lo miró entonces, como retándolo a decir algo. Tris sonrió, pero como si estuviera pensando en otra cosa, como si estuviera en otra parte.

—Tampoco sé cómo poner en marcha el lavavajillas.

Kerith sabía que cada electrodoméstico era de un modelo diferente y que, a veces, resultaba difícil saber cómo hacerlos funcionar. Y con cualquier otra persona habría estado dispuesta a ayudar, pero con aquel hombre en el que no podía dejar de pensar, que estaba turbando su pacífica y ordenada vida…

Dejando escapar un suspiro, volvió a dejar el bolso en la repisa y se agachó para comprobar el lavavajillas.

—Tienes que apretar este botón de aquí… —Tris se inclinó para ver lo que estaba haciendo y ella se sintió atrapada—. Y entonces, cuando oigas que empieza a entrar el agua, pulsas este otro —añadió, con una voz que no reconocía como suya—. Pero no lo pongas hasta que termine la lavadora. Parece que hay un problema en las cañerías y los dos electrodomésticos no pueden funcionar a la vez.

—Gracias.

Kerith tomó el bolso por última vez; no pensaba seguir dándole instrucciones sobre cómo llevar una casa... pero no había sujetado bien el asa y el contenido del bolso se repartió por el suelo.

Los dos se agacharon a la vez y, cortada, Kerith apartó la cabeza, con tan mala suerte que se le quedó enganchado el pelo en uno de los botones de su camisa.

—¡No te muevas! —exclamó él—. Si te mueves, te arrancarás un mechón.

Horriblemente consciente del torso del hombre pegado a su cara y completamente incapaz de controlar el ritmo de su respiración, Kerith se quedó inmóvil.

Aquello era ridículo. Completamente ridículo.

—Suéltame el pelo.

—Ya casi está —murmuró Tris con voz ronca.

Podía sentir el aliento del hombre en la frente, tenía su torso en la cara y quería... quería salir corriendo de allí cuanto antes. Incapaz de soportarlo un segundo más, dio un tirón.

—¡Kerith! ¡No te muevas!

—¡Tengo que irme!

Entonces, por fin, él desenganchó el pelo.

—Ya está.

—Gracias —murmuró Kerith.

Pero cuando Tris alargó la mano para tocar el mechón rebelde, ella la apartó de un manotazo.

—Oye, que no...

—¿Te importa dejarme pasar?

—Kerith...

Estaban mirándose a los ojos y el aire parecía irrespirable.

—No —murmuró, asustada.

—No, es verdad.

Pero la besó de todas formas. Y ella no protestó; cerró los ojos durante unos segundos... y después lo empujó violentamente.

Capítulo cuatro

LO siento —se disculpó Tris—. No debería haberlo hecho.

—No, es verdad —asintió Kerith, sin aliento—. Así que no vuelvas a acercarte a mí, Tris Jensen. No te acerques. ¡Y no seas encantador conmigo!

Después de guardar las cosas en su bolso, salió corriendo de la cocina. Y entonces no podía entrar en su casa.

Fuera de sí, buscó las llaves en el bolso. No estaban. Debían haberse caído al suelo.

Y no podía volver allí. No podía.

Pero cuando se dio la vuelta, decidida a buscar al conserje, se encontró con Tris.

No decía nada, solo la miraba con simpatía y eso la sacó de quicio. Después, él metió la llave en la cerradura y abrió la puerta del apartamento.

—Descansa un rato.

Demasiado avergonzada como para protestar, Kerith se dejó caer en un sillón.

—No quiero que pase esto —murmuró, furiosa—. He tardado años en llegar donde estoy. Años de estudio, de trabajo y de sacrificio. Y no pienso... ¡no pienso distraerme por unos ojos azules y una bonita sonrisa!

—No —asintió él.

Lo oyó entrar en la cocina y abrir el grifo, seguramente para llenar la cafetera. Y tuvo que sonreír. Café, la panacea para todos los males. Pero no para aquél.

¿Cómo había ocurrido? Se había dicho mil veces que no podía gustarle ese hombre. Se había dicho a sí misma un millón de veces que no debía pensar en Tris.

No podía permitirse distracciones de ningún tipo. Era vital que estudiase para conseguir el trabajo de sus sueños.

Quizá era como su madre. Quizá había algo en sus genes que la hacía enamorarse del hombre equivocado. Aunque ella no estaba enamorada. Pero se sentía atraía por Tris Jensen, eso era innegable.

Había intentado que no ocurriera. Pero cuando la besó... no supo cómo responder. Y habría querido hacerlo. Eso era lo que la estaba comiendo por dentro. Su falta de experiencia. Su vergüenza porque no sabía qué hacer.

Cuando lo oyó entrar de nuevo en el salón, levantó la mirada, desafiante. Él parecía preocupado y, sin decir nada, dejó la bandeja sobre la mesita de café.

—Lo siento —volvió a disculparse Kerith—. Es que...

—Estás cansada —terminó Tris la frase.

—Sí —asintió ella—. Pero ya estoy bien.

—¿Has comido algo?

Si fuera tan simple como haber comido o no...

—Esta mañana tomé un sándwich.

—Eso no es suficiente. ¿Puedo usar tu teléfono?

—Sí, claro.

Sin saber a quién o por qué iba a llamar, Kerith lo observó darse la vuelta. Tan alto, todo brazos y piernas... Estaba despeinado, como si se hubiera pasado la mano por el pelo varias veces. Quizá lo había hecho. O quizá lo había hecho ella. No lo recordaba.

Los vaqueros le quedaban de maravilla, ajustados en el trasero...

Y lo deseaba. Quería que la abrazase. ¿Tan malo era desearlo? ¿Tan terrible?

Pero no tenía tiempo para eso. Se había prometido a sí misma que encontraría estabilidad profesional antes de... encontrar el amor.

Pero si solo la había besado, pensó entonces. ¿Por qué estaba exagerando tanto? ¿Se sentiría Kerith atraído por ella? ¿Cómo podía saberlo?

Llevaba toda la vida pensando que su carrera era lo más importante. Y lo había sido. Hasta aquel momento.

Los hombres solo eran un sueño para ella; un sueño que mantenía alejado. Pero no podía olvidar el pasado, su familia, el desengaño con su padre. No estaba preparada para enamorarse. Y cuando lo hiciera, sería de alguien que viviera en Londres, no en Francia.

Tris debía pensar que era idiota, pero tenía que controlar su vida. Siempre la había controlado. Sabía que si no la controlaba con mano de hierro, la vida te daba sorpresas.

¿Cuántas mujeres habría en su vida? ¿Cuántas mujeres lo habrían deseado? Muchas, según Eva.

¿Estaría acostumbrado? ¿Para él sería normal que cayeran rendidas a sus pies? ¿A todas les haría café?

¿Era eso Tris Jensen? ¿Un tipo que ofrecía sonrisas agradables sin compromiso alguno? Si sabía tanto de mujeres, debía saber cómo se sentía ella.

Entonces, ¿por qué la había besado? ¿Sentiría él lo mismo? Lo dudaba. La había besado por impulso, porque estaban muy cerca.

Debería levantarse, decirle que estaba bien y que podía marcharse cuando quisiera. Pero estaba demasiado cansada. Demasiado preocupada.

¿Por qué no era como otras chicas? ¿Por

qué no se divertía con los hombres sin darle tantas vueltas a la cabeza? Porque no podía hacerlo. Ella no era así.

Tris colgó el teléfono entonces.

—Al baño.

—¿Qué?

—Al baño —repitió él, saliendo al pasillo.

Unos segundos después, Kerith oía el grifo de la bañera. ¿Quería que se bañaran juntos? No podía ser. Y entonces se preguntó cómo sería bañarse con él. Erótico, imaginaba. Pero no debía pensar esas cosas.

—El baño está listo —oyó la voz de Tris unos minutos después—. Tienes una hora.

—¿Una hora?

—Eso es.

—¡No necesito una hora para darme un baño!

—¿Por qué no? Es muy relajante —sonrió él, ofreciéndole su mano.

Kerith la tomó. Era la primera vez que lo tocaba voluntariamente y sintió un escalofrío al notar la mano grande y cálida del hombre envolviendo la suya.

Cuando entró en el baño, descubrió que había encendido sus velas con perfume de magnolia. Alguien se las había regalado en Navidad y habían estado allí desde entonces, sin usar.

La bañera estaba llena de burbujas. Otro

regalo de Navidad que nunca había usado.

—No dejes que se enfríe el agua —le advirtió él antes de cerrar la puerta.

Después de desnudarse, como en un sueño, Kerith se metió en la bañera. Era tan agradable… más que eso, un lujo. Cerró los ojos, dejándose llevar por el delicioso aroma a magnolia, pero los abrió al escuchar música.

¿Había llevado el estéreo al pasillo? Era capaz.

¿Sería tan desastroso mantener una aventura con Tris? No, desastroso no. Seguramente sería muy excitante. Pero, ¿por qué estaba pensando eso? No tenía tiempo para una aventura y que la hubiera besado no era para tanto. La gente se besa… La gente, ella no.

Dejando escapar un suspiro, Kerith levantó un pie y se miró los dedos. Tenía unos pies muy bonitos. Sonriendo, echó la cabeza hacia atrás, sintiéndose mimada, perezosa y decadente. Y encantada de la vida.

¿Habría preparado el baño para su mujer? ¿Para otras chicas? Los hombres como Tris sabían cómo complacer a las mujeres. Pero que alguien te cuidara, que alguien te mimara solo era una cara de la moneda. ¿Cuál sería la otra? No lo sabía. Porque apenas conocía a Tris. Y quería hacerlo.

Las aventuras amorosas habían sido sacrificadas... ¿Y para qué? Pero Kerith sabía para qué.

Tris la había confundido porque iba demasiado rápido; eso era todo. Ella no estaba acostumbrada a hacer las cosas tan rápido. En realidad, no estaba acostumbrada a nada con los hombres. Siempre se apartaba de ellos porque lo importante era su carrera.

Y por su madre.

Desde niña la había advertido contra los hombres y cuando llegó a la adolescencia, se ponía histérica si le sonreía a algún chico. En cualquier caso, los chicos del instituto siempre la habían visto como una estirada.

Suspirando, Kerith volvió a cerrar los ojos para disfrutar del baño. Un placer que tenía casi olvidado. Siempre con prisas, siempre corriendo, no había tomado un baño en mucho tiempo.

Había creído que era feliz con su vida hasta que conoció a Tris. Pero no funcionaría. Él no se mudaría a Londres y ella no quería vivir en Francia.

Si había aprendido algo en la vida era que quería ser independiente, tener su propio dinero, seguridad. No podría vivir como un ama de casa, dependiendo del dinero de otro. Recordaba a su madre pidiéndole dinero a su padre. Y recordaba su gesto de humillación cada vez que lo hacía.

Pero no tenía que ser así. Ella podía seguir trabajando y ser independiente, como siempre.

Kerith abrió los ojos y se quedó mirando las velas. Ejercían un efecto casi hipnótico, pero no podía dormirse.

Aun así, le pesaban los párpados y cerró los ojos, disfrutando de la suave caricia del agua, del olor de las velas... y del hombre que la esperaba en el salón.

Un golpecito en la puerta la obligó a abrir los ojos de nuevo.

—No te duermas —le advirtió Tris.

Qué hombre. Parecía vigilarla constantemente.

Pero como el agua empezaba a enfriarse, Kerith salió de la bañera y después de secarse un poco el pelo, se puso el albornoz que colgaba en la puerta.

Apagó las velas una a una, quitó el tapón de la bañera y entró en su dormitorio. Frente al espejo, su rostro era el mismo de siempre: una nube de cabello rizado, los ojos verdes grisáceos, los labios generosos... Pero no se sentía la misma.

Kerith se puso crema hidratante y buscó un pijama de seda que su madre le había regalado mucho tiempo atrás. Después, descalza, salió al pasillo.

En el suelo estaba la radio pequeña; de

ahí salía la música.

¿Esos gestos tan cariñosos le saldrían de forma natural? ¿O lo hacía especialmente por ella?

Cuando entró en el salón, se quedó helada. Tris había puesto la mesa con su mejor vajilla y unas velas rojas que tenía desde Navidad.

Él estaba mirando por la ventana, de espaldas. Quizá vio su reflejo en el cristal, quizá intuyó que había entrado; fuera lo que fuera, se volvió. No estaba sonriendo, todo lo contrario. Nunca lo había visto tan serio.

—¿Ha habido muchas mujeres? —preguntó Kerith.

Le había salido así, sin pensarlo. Y Tris no pareció sorprendido.

—No.

—Y tú no quieres casarte, ¿verdad?

—No.

—¿Por qué?

Él sonrió entonces, sacudiendo la cabeza.

—La cena llegará enseguida.

Kerith sonrió también. Con tristeza. Llevaba días pensando en él, pero Tris no quería saber nada de una relación.

—¿Qué cena?

—La he pedido por teléfono.

—Ah.

—¿Te encuentras mejor?

—Sí. Gracias. Siento haberme portado de esa forma…

—No tienes que pedirme disculpas —la interrumpió él.

—Sí tengo que hacerlo. Me he portado como una cría.

—No, la culpa es mía. Mi corazón y mi cabeza están teniendo ciertos desacuerdos últimamente. No debería haberte besado. Ni siquiera debería estar aquí.

—¿Por qué?

—Es injusto no decírtelo, lo sé. Pero creo que es mejor así.

—Yo no quería sentirme atraída por ti —dijo Kerith entonces—. Y tampoco debería decir eso, ¿no? A veces no pienso antes de hablar. Pero soy una mujer dedicada a su trabajo. Tengo una oportunidad de prosperar, de conseguir un puesto en la empresa de subastas más importantes de Londres. Eso es lo que siempre he querido en la vida… y no tengo aventuras.

—Yo no quiero una aventura.

—Lo sé. Solo estoy explicando por qué… me he asustado. Al principio, pensé que eras como mi padre…

¿Por qué estaba contándole aquello?, se preguntó, nerviosa.

—¿Y no lo soy?

—No. Fue mi padre quien me hizo como

90

soy. Determinada, juiciosa, una persona que necesita seguridad. Era un irresponsable que nos dejó sin dinero y sin decir adiós. Por eso decidí que nunca estaría con un hombre como él, que nunca necesitaría a nadie.

—No tienes que decirme todo eso, Kerith.

—Ya lo sé. Pero tú no olvidas los cumpleaños de Michael, ¿verdad? Ni olvidas pagar el colegio.

Tris pareció sorprendido.

—Claro que no.

—No, ya. Yo no conozco a los hombres, Tris —dijo Kerith entonces, con enternecedora sinceridad—. No sé lo que quieren ni lo que esperan. Puedes irte si te parece.

—Me quedo.

—Entonces, intentaré no decir más tonterías.

—No dices tonterías —sonrió él—. Todo lo contrario.

Había tensión entre ellos, la tensión que hay entre un hombre y una mujer. Pero los dos querían ignorarla. Porque era mejor. Porque Kerith se sentía ridícula. En su trabajo parecía muy segura de sí misma, pero nunca lo era en las relaciones personales. Y tenía que ser fuerte, tenía que atreverse a ser ella misma.

—La mesa está muy bonita —dijo entonces, apoyándose en el respaldo de una silla—. Normalmente, yo no me molesto en ponerla.

—Pues deberías. Comer delante de la tele es malo para la digestión. La comida debe ser saboreada, disfrutada.

Kerith sonrió.

—Eso suena muy francés.

—No, es más bien sensato.

—¿Tú nunca comes a toda prisa?

—Alguna vez. Más a menudo de lo que debería —contestó Tris—. Dices que te recordaba a tu padre. ¿También él se ponía camisas de color caldero?

—Caldero... —repitió ella. Entonces recordó—. No.

—¿Nos parecemos?

—No. Mi padre era más bajito y con el pelo oscuro.

—¿Vive?

—No, murió hace unos años. Yo... —en ese momento, sonó el timbre y Kerith no terminó la frase, aliviada.

Tris abrió la puerta y unos minutos más tarde lo vio entrar en la cocina cargado de bolsas.

Después entró en el salón con una ensalada, una botella de vino tinto y una lasaña que él mismo sirvió en los platos.

—Siéntate.

Se sentaron uno frente al otro, ambos en silencio, perdidos en sus pensamientos. Tris parecía sombrío, triste.

Kerith no quería hablar por hablar, no quería romper el silencio, pero tampoco podían seguir con aquella tensión. Tenían que, al menos, aparentar cierta normalidad.

Y charlaron de varias cosas: sobre Eva en el hospital, sobre Michael, sobre Francia; nada controvertido, nada comprometedor.

Él tenía un sentido del humor muy irónico que la hacía reír. Le gustaba Tris. Posiblemente, estaba enamorándose de él. O no. No sabía mucho del amor. Pero seguramente aquella iba a ser la última vez que se vieran. Él volvería a su vida, ella a la suya.

Cuando terminaron la lasaña, Tris levantó su copa para brindar:

—Por una compañera bellísima.

—Gracias —murmuró Kerith.

—Háblame de tu trabajo.

Y ella se lo contó; le contó lo excitante que era encontrar una pieza única, una pieza que alguien había tenido escondida en el ático durante muchos años, siglos incluso. Sobre la emoción de una subasta...

—¿Cuántas organizáis al año?

—Doce, una por mes. Intentamos especializarnos si tenemos un buen lote. Muebles un mes, vajillas otro, libros...

—¿Muchos compradores?

—Bastantes. Además, no todos quieren lo mismo y eso es lo emocionante. Nunca deja de asombrarme las cosas que compran.

—¿Lo que para unos es trapo para otros es bandera?

—Algo así.

—¿Y cuándo es la próxima subasta?

—El viernes. Este mes tenemos un lote muy ecléctico: platos, muebles, cuadros, un poco de todo.

—Entonces, ¿tienes que saber de todo?

—Más o menos. Tenemos muchos expertos a los que llamar si existe alguna duda sobre la autenticidad o el valor de un objeto. Por cierto, en Francia vi algunas piezas muy valiosas.

Tris sonrió.

—Yo he amueblado mi casa comprando en mercadillos.

—Michael dice que es muy bonita.

—Lo será algún día, cuando esté terminada. Bueno, ya es hora de despedirme. Es muy tarde.

—Sí —suspiró ella—. Mañana he de levantarme muy temprano.

—Sí, claro —murmuró Tris, levantándose—. ¿Quieres que te ayude?

—No hace falta. Solo tengo que meter todo esto en el lavavajillas.

—Buenas noches, Kerith.

—Buenas noches —suspiró ella.

—No funcionaría.

—¿Qué?

—Lo nuestro. No funcionaría —dijo Tris entonces.

Kerith cerró la puerta. No, no funcionaría. Era un hombre estupendo, una buena persona. Y muy atractivo. Que vivía en Francia.

Pero, ¿por qué pensaba que no funcionaría? Le habría gustado saberlo.

No lo vio al día siguiente y se sintió sola.

Lo llevaba en la cabeza y en el corazón. Y no sabía qué hacer.

El viernes por la mañana tendría lugar la subasta y Kerith se puso un traje de chaqueta gris y zapatos de tacón alto. Con un poco de brillo en los labios y un toque de rímel en las pestañas, tenía aspecto de ejecutiva. Como siempre.

Aún turbada por los sentimientos que Tris Jensen le despertaban, condujo hasta la casa de subastas, aparcó el coche y se compuso un poco para controlar los nervios.

Unos segundos después, volvía a ser la seria y responsable profesional que siempre había sido.

Había mucha gente y después de charlar

un momento con su jefe, se colocó en el atril para anunciar cada lote.

Dos horas más tarde, después de haberlo vendido casi todo, de repente vio a Tris en la última fila. Ante su silencio, los asistentes empezaron a murmurar y, apartando la mirada, Kerith intentó controlar los furiosos latidos de su corazón.

—Creo que la última oferta era suya, señor —indicó, señalando a un hombre que tenía la mano levantada.

Enfadada consigo misma por haberse distraído, se concentró hasta el final de la subasta y después dejó el mazo sobre el atril.

Cuando le dio las gracias a su compañero, que sostenía los lotes en el estrado, él la sorprendió diciendo:

—Me alegra saber que también eres humana.

—Claro que soy humana. ¿Por qué dices eso?

—Porque haces que los demás parezcamos de segunda categoría.

—Qué bobada —murmuró Kerith—. ¿Eso es lo que pensáis de mí? Que soy...

—La mejor —dijo su compañero.

—No, quiero decir... ¿pensáis que me siento superior?

—No, lo que pasa es que fantaseamos... Anda, ve a tomar un café.

¿Fantasear? Ella se acercó al despacho, pensativa. ¿Sobre qué fantaseaban?

—Nos pasa a todos alguna vez —le dijo Sheila, otra de sus compañeras—. Y yo también me habría quedado en blanco si hubiera visto a ese hombre.

—¿Cómo?

—El alto de los ojos azules. Guapísimo. ¿Quién es?

—Nadie —murmuró Kerith.

La puerta del despacho se abrió entonces y Tris apareció en el umbral, tan sonriente como siempre.

—No deberías estar aquí. Solo es para los empleados.

—Entonces, sal al pasillo un momento.

No sabía por qué le había obedecido, no sabía por qué iba tras él.

—Quería pedirte disculpas —le dijo Tris—. No quería que te quedaras en blanco.

—Es que... me distraje al verte. ¿Qué estás haciendo aquí?

—Cotillear —confesó él—. Quería verte en tu ambiente.

Kerith apartó la mirada. Eso era lo que ella quería: verlo en el suyo. Y si Tris quería lo mismo... Pero no sabía cómo reaccionar. Sheila habría sabido, pero ella no.

—¿Pasabas por aquí?

—No.

—¿Y cómo sabías dónde trabajaba?

—Me lo dijo Michael.

—Ya veo.

La puerta del despacho se abrió y Kerith se apartó para dejar paso a Sheila.

—Te traigo un café. ¿Le apetece uno? —le preguntó a Tris.

—No, gracias.

Con un suspiro de irritación, Kerith los presentó.

—Tris Jensen, Sheila Coolidge, una colega.

Sheila lo miraba como si todos sus sueños se hubieran hecho realidad. Coqueteando descaradamente.

—¿Está disponible?

—¿Para qué? —sonrió él.

—Para cualquier cosa.

Tris soltó una carcajada y, con una mueca de disgusto, Kerith volvió a entrar en su despacho.

Una hora más tarde, Sheila no había vuelto. ¿De qué estarían hablando?

Cuando por fin llegó, tenía una sonrisa de oreja a oreja.

—¡Creo que estoy enamorada! —exclamó—. Tú no estás interesada en él, ¿verdad?

—No —contestó Kerith, sin mirarla—. Y

Max está buscándote.

—En este momento, hasta puedo soportar a nuestro reverenciado jefe. Me siento feliz. Por cierto, ya he comido, así que si quieres ir a tomar algo…

¿Había comido con Tris? Seguramente, pensó. Aunque a ella le daba igual. No era asunto suyo.

Pero se preguntó si volverían a verse.

Pasó el día con la cabeza en las nubes. No dejaba de imaginarlos juntos, riendo, bromeando. Pero Tris pronto se iría a Francia y cuando desapareciese, sería más fácil olvidarlo.

Y evitarlo hasta que se fuera era lo mejor. Pasaría el fin de semana con su madre.

A su madre no le hizo gracia que fuera a verla y Kerith tuvo que controlar una risita amarga.

—No tiene gracia, hija.

—No, desde luego —asintió ella.

—Normalmente, me avisas antes de venir. Me encanta que vengas, pero es demasiado tarde para pedirle a alguien que ocupe mi puesto en el hospital.

—No pasa nada, mamá. Me quedaré haciendo cerámica.

Su madre dejó escapar un suspiro.

—Podría decir que estoy enferma.

—No lo hagas, de verdad. No pasa nada —insistió Kerith.

Su madre la miró entonces con su habitual expresión amarga. Nunca se llevarían bien, nunca serían amigas y eso la entristecía.

—¿Cómo eras...? —empezó a preguntar. Pero no terminó la frase. No podía preguntarle cómo era antes de conocer a su padre—. Anda, ve a trabajar. Nos veremos después.

Su madre salió entonces de la cocina, con la espalda tan tiesa como siempre.

¿Cómo habría sido?, se preguntó Kerith. ¿Una mujer feliz, alegre? No la recordaba así. La recordaba seria, enfadada, resentida. Su padre era encantador, siempre riéndose, siempre llevándole la contraria a su madre.

¿Qué hace a la gente ser como es? ¿Las circunstancias, los genes? ¿Qué había convertido a su padre en un mujeriego? Debía haber amado a su madre una vez. Si no fuera así, no se habría casado con ella. O quizá tuvo que hacerlo.

Pensativa, Kerith subió a su habitación y sacó un álbum de fotografías. No había una sola de su padre y las que había de su madre estaban cortadas. En ninguna de ellas parecía feliz.

Había algunas fotos suyas sonriendo. Pero no era una sonrisa feliz. Su rostro era solemne. Y siempre estaba inmaculada. Ninguna foto jugando en el barro, ninguna montando en bicicleta...

Entristecida, guardó el álbum de nuevo. Sin embargo, no recordaba su infancia como algo triste. Recordaba ponerse siempre del lado de su padre. Recordaba claramente hacer muecas cuando su madre les daba la espalda.

Qué horrible. Y, sin embargo, de niña le parecía normal. Quizá porque su padre había promovido ese enfrentamiento.

Turbada por aquella idea, bajó a la cocina para hacerse algo de comer y cuando su madre volvió del hospital en el que trabajaba como enfermera, estaba arreglando el jardín.

—Iba a hacerlo yo más tarde.

—Perdona. ¿Quieres un café?

—Yo lo haré.

Kerith se quitó los guantes y entró en la cocina. Que había dejado tan limpia como la encontró, por supuesto.

Sentada en una silla, observó a su madre preparando el café. Llevaba el pelo sujeto en un moño y tenía demasiadas arrugas para ser una mujer de cincuenta y cinco años.

—¿Siempre me has odiado, mamá?

Atónita, su madre se dio la vuelta.

—Yo no te odio.

—Bueno, quizá la palabra no es odio. Pero no te gusto mucho, ¿verdad?

—¿Qué tonterías son esas?

—¿No querías tener un hijo?

—Claro que quería —contestó su madre.

—¿Entonces?

—Tu padre y yo no estábamos casados.

—Pero se casó contigo cuando te quedaste embarazada.

Su madre dejó escapar una risita amarga.

—Sus padres lo obligaron a hacerlo. Ojalá no lo hubieran hecho. Ni siquiera tuvimos luna de miel y yo pensé que cuando nacieras... Pero no valió de nada. Solo te prestaba atención cuando había alguien delante. El orgulloso padre, qué risa —dijo entonces, sin disimular su amargura—. Nunca tuvimos mucho dinero.

—Pero papá tenía un buen trabajo, ¿no?

—Sí, trabajaba en publicidad, pero le gustaba... salir por ahí. Yo no te odio, Kerith.

—Pero si no fuera por mí, no te habrías casado con él.

—No lo sé. Yo lo quería mucho. Conocía sus defectos, claro, pero estaba enamorada de tu padre.

—Y yo pensé que me quería —dijo Kerith.

—Te quería, hija. Cuando creciste lo suficiente como para ser interesante. Eras una niña muy guapa, como Blancanieves. Así te llamaba. Te quería mucho, de verdad. A su manera, pero te quería.

—También debió quererte a ti. Estuvisteis juntos quince años.

Su madre dejó escapar un suspiro.

—Le gustaba estar casado porque se dedicaba a tontear con todas las mujeres. Pero si alguna se ponía seria, le decía: «No puedo, estoy casado».

—¿Tuvo muchas aventuras?

—Incontables.

—¿Y tú lo sabías?

—Por supuesto.

—Y yo siempre me ponía de su lado, ¿no?

—Sí.

—Lo siento. ¿Por qué se marchó, mamá?

—No lo sé. Un día volví del mercado y se había llevado todas sus cosas. Sin una nota, sin una llamada. Sus padres tampoco sabían dónde estaba. Simplemente... desapareció.

Y ella había culpado a su madre. Durante toda su adolescencia, la había odiado...

—Lo siento.

—Soy yo quien debería pedirte disculpas. Debería habértelo explicado antes.

—No te habría creído.

—No. Y lo más terrible de todo es que, si no hubiera muerto, si entrase ahora mismo por esa puerta, yo lo perdonaría. Me odiaría a mí misma, pero lo perdonaría —dijo su madre entonces—. Te pareces mucho a él. Eres la viva imagen de tu padre.

—Sin el encanto —sonrió ella.

—Sin falsedad. No cometas el error que yo cometí, hija. Usa la cabeza, no el corazón.

Recordando a un hombre de ojos azules, cuya cabeza y corazón estaban en conflicto según le había dicho él mismo, Kerith asintió.

Lo intentaba, pero era muy difícil.

Capítulo cinco

KERITH volvió a casa el domingo por la noche y mientras aparcaba el coche, vio luz en el piso de Eva.

Tris se llevaría a Michael a Francia al día siguiente y no volverían a verse.

Pensaría en él, seguramente durante mucho tiempo, pero no habría relación entre ellos. Se habían besado una vez y eso era todo. No habría nada más.

¿Pensaría Tris en ella alguna vez? Quizá. No lo sabía. No sabía cómo interpretar las señales. Probablemente, tendría aventuras con otras mujeres. Ella, no.

Aun sentada en el coche, dejó escapar un suspiro.

Había tenido una aventura. Muy corta, desde luego. Cuando tenía veinte años. Le gustaba un chico y necesitaba desesperadamente saber lo que era sentirse amada. Solo duró un mes. Él decía que era demasiado mandona, que quería organizarlo todo, desde las comidas hasta dónde iban o dejaban de ir. Mandona, sí. También le había dicho que estaba reprimida, pero no era represión, sino inexperiencia. Le había dado vergüenza decirle que era el primero. La aventura fue un desastre y, desde entonces, no había querido volver a intentarlo.

Había salido con algún hombre desde entonces, pero nada importante. Eran amigos, compañeros que no representaban peligro alguno.

Y Tris Jensen no era seguro. Excitante, desde luego. Pero no seguro.

¿Habría salido con Sheila el fin de semana? Probablemente no, si Michael estaba en casa...

Cuando iba a salir del coche, vio que Tris se dirigía hacia ella.

—¿Qué tal?

—Bien —contestó Kerith, nerviosa.

—Oí tu coche hace quince minutos y como no salías, estaba preocupado.

—Ah, es que... estaba pensando.

Le gustaba que se preocupase por ella. Pero no debía gustarle. Cuanto más lo viera, más difícil sería olvidarlo.

«Usa la cabeza», le había dicho su madre. Y tenía razón.

Mientras se dirigían hacia el portal, Kerith intentaba desesperadamente ignorar los sentimientos que él despertaba en ella.

—Deberían poner más iluminación en el portal. Está demasiado oscuro —comentó Tris mientras abría la puerta.

—Nunca ha pasado nada.

—¿Lo has pasado bien el fin de semana?

—Estuve con mi madre.

Subieron juntos en el pequeño ascensor, rozándose; una intimidad que ella no deseaba. Que deseaba, se corrigió a sí misma, pero que no debía ocurrir.

—¿Quieres un café? —le preguntó, sin embargo.

Tris la tomó por los hombros y la volvió hacia él.

—No quiero café. Y me había prometido a mí mismo no volver a verte. ¿Has tenido muchas aventuras, Kerith?

Qué extraño que le preguntara eso, pensó.

—Una.

—Una —repitió él, acariciando su cara como si no se diera cuenta de lo que estaba haciendo. Kerith no quería moverse, no podía moverse—. Te echaré de menos cuando me vaya.

—Yo también —consiguió decir ella.

Lo echaría de menos. Había un anhelo en su interior... ¿Qué pensaría Tris si le dijera que lo deseaba?

Sentía las manos del hombre acariciando su cara, el calor de su cuerpo, su aliento en la frente...

—¿Michael está en la cama?

—Sigue en casa de Lena —contestó Tris—.

Nos vemos todos los días y... Debería marcharme.

—Sí.

Seguían mirándose, sin decir nada, esperando.

—No quería que me gustases tanto —dijo Tris por fin, como si eso lo explicase todo.

—¿No querías?

—No. Nunca deberías haberme sonreído aquella mañana, mientras esperábamos al cerrajero. Fue esa sonrisa. Era una sonrisa preciosa, alegre, llena de vida...

—¿Has estado actuando, Tris? ¿Sonriendo como si no pasara nada?

—Sí.

Kerith asintió. Se sentía atraída como por un cordón invisible y cada vez estaban más cerca. Rezaba para que la besase. No un beso rápido, fugaz, como el que le había dado en la cocina de Eva, sino un beso largo, apasionado...

Y cerró los ojos cuando sintió el aliento del hombre sobre su boca.

Fue un beso cálido, dulce y excitante. Tris la atrajo hacia él y Kerith apoyó las manos en su pecho, sintiendo el calor del cuerpo del hombre a través de la camisa.

No supo quién rompió el beso y tampoco le importaba; apoyó la cabeza en su hombro, con los ojos cerrados. Ninguno de los dos decía nada, y podría haberse quedado dormida allí mismo.

No había pasión en ese momento, solo calma. Paz.

Él seguía acariciando su espalda y Kerith se apretó contra su pecho. Pero Tris se puso tenso.

—Debería marcharme —murmuró con voz ronca.

—¿Sí?

—Sí. Y tú nunca deberías haberte sentido atraída por un hombre que lleva camisas de color caldero.

Kerith dejó escapar una risita.

—No, es verdad. La camisa era horrenda.

—La compré en un mercadillo —sonrió él, sin dejar de acariciar su espalda—. Cuando vi que la casa estaba hecha un asco, decidí que no iba a ensuciar mis camisas.

Kerith apenas escuchaba, concentrada en disfrutar de aquellas sensaciones.

—¿Vuelves a Francia mañana?

—Debería hacerlo —contestó Tris—. Sería lo más sensato. Y tú debes irte a dormir ahora mismo.

—Lo sé.

Ella levantó la cabeza. Los ojos del hombre se habían oscurecido y enviaban un mensaje que entendía muy bien. Debía apartarse inmediatamente.

—No debería haber ido a buscarte. Pero quería darte un beso. Totalmente egoísta, lo sé, pero quería saber cómo era.

Ella también lo deseaba. Y no quería apartarse. Había buscado aquel calor durante veintiocho años y no podía apartarse. Le costó un terrible esfuerzo dar un paso atrás, pero lo hizo.

—Me alegro de que... seamos amigos —dijo en voz baja—. Buenas noches, Tris.

El sonido de la puerta sonaba como una despedida final.

Pero no había dicho que se marchaba al día siguiente. Había dicho que «debería» marcharse. ¿Significaba eso que pensaba quedarse unos días más?

También había dicho que marcharse era lo más sensato y que no había habido muchas mujeres en su vida, pero presumiblemente tenía aventuras. Entonces, ¿por qué quería ser sensato con ella? ¿Porque sabía que no debía jugar con sus sentimientos? Jugar con sus sentimientos... Kerith tuvo que sonreír. Sonaba tan anticuado...

Cuando se despertó, estaba agotada. Después de dar vueltas y vueltas en la cama, había soñado con él.

Si no fuera el ex cuñado de Eva, ¿habrían

tenido una aventura? ¿Habrían hecho el amor?

Mejor no saberlo, en realidad. Si le hubiera dicho que estaba enamorándose de ella, las cosas podrían haber sido diferentes. Pero no lo había dicho y no pensaba hacerlo. Porque no era verdad. Se sentía atraído, como ella, pero el amor... el amor era algo completamente diferente.

Había sido tierno, dulce, casi solemne. Pero eso no era amor. La recordaría con afecto, quizá.

Kerith tenía ganas de echarse a llorar.

Sheila la estaba esperando en el despacho por la mañana.

—Hola. ¿Qué tal el fin de semana?

—Bien. ¿Y tú?

—Regular —contestó su compañera de trabajo—. ¿Has visto a Tris?

—Pues... un ratito. ¿Por qué?

—No, por nada.

—¿Lo has visto tú?

—Pensé que me llamaría, pero no lo ha hecho. ¿Está casado?

—Es viudo —contestó Kerith. En realidad, se había separado antes de enviudar, pero no tenía ganas de dar explicaciones.

—Me dijo que no podía llamarme —ad-

mitió Sheila entonces—. Pero yo esperaba...
Vive cerca de tu casa, ¿no?

—No.

Y era cierto. Vivía en Francia. Además, no
quería darle información a Sheila. ¿Celos?
Seguramente.

El día transcurrió con una lentitud aterra-
dora, aunque no tenía razones para suponer
que vería a Tris por la tarde. No debería
querer. Pero estaba deseándolo.

—Estás muy callada.

Kerith levantó la mirada y sonrió a uno de
sus compañeros.

—Siempre estoy callada.

—No siempre. Además, hoy pareces preocupada. Llevas más de media hora mirando
esa fotografía. ¿Estás pensando en la oferta
de la casa Pergins?

—¿Pergins? Sí —mintió Kerith—. ¿Lo sabías?

—Todo el mundo lo sabe. Te echaremos
de menos.

—No he dicho que vaya a aceptar.

—Pero lo harás. Es una oportunidad maravillosa.

—Sí, desde luego.

Lo era. Entonces, ¿por qué, de repente, le
parecía tan poco importante? Era por lo que
había trabajado, para lo que había sacrifica-
do su vida privada.

Kerith intentó concentrarse, pero cada cinco minutos dejaba lo que estaba haciendo y se quedaba mirando al vacío, distraída.

¿Cómo se olvidaba a alguien a quien apenas se conocía, a quien no debería conocer?

¿Cómo podía dejar de pensar en Tris Jensen? Nunca se había sentido así. Ella era una chica sensata, siempre lo había sido...

Quizá ese era el problema, quizá si abrazaba la vida como lo hacía Sheila no se encontraría en aquel predicamento. Y, sin embargo, la propia Sheila había esperado que la llamase. Tris parecía ejercer el mismo efecto en todas las mujeres.

El día le pareció interminable y cuando volvió a casa se quedó atónita al ver que había luces de emergencia en el portal.

¿Tris?, se preguntó. Si era así, debía darle las gracias. Todos los vecinos, incluida ella, se habían quejado de la falta de luz, pero nadie había hecho nada. Tenía que ser un extraño, bueno, un extraño no, pero alguien que no vivía allí, quien solucionara la situación.

Nerviosa, llamó a la puerta de Eva. Si él no hubiese abierto inmediatamente quizá no habría esperado, pero Tris apareció ante sus ojos un segundo después.

—Gracias por las luces. Has sido tú, ¿no?

—Sí.

—Pero deberíamos pagarte por...

Tris tomó su mano y cerró la puerta.

—Hoy no he hecho nada productivo. Intentaba hacer cosas, pero no podía terminarlas. Salía para hacer algo y se me olvidaba dónde iba. Y quiero besarte, Kerith. Quiero hacerte el amor. Quiero abrazarte y perderme entre tus brazos durante horas, durante días.

Ella no dijo nada. No podía. No quería.

—He pensado que podríamos tener una maravillosa aventura, pero luego me he dado cuenta de que no es posible porque querría más. No debería haberme roto la pierna, no debería haber escuchado a Michael cuando hablaba de ti... —siguió diciendo él, sin dejar de mirarla a los ojos—. Vete, Kerith.

Ella se volvió para abrir la puerta, pero Tris la detuvo, como si no pudiera contenerse.

—No, quédate. Vamos a tomar un café. Háblame... tócame. No, por favor, no me toques —dijo entonces, apoyándose en la pared—. ¿Qué me pasa, Kerith? ¿Qué me haces?

—No lo sé —susurró ella.

—¿Tú sientes lo mismo?

—Sí.

—Sería una complicación enorme. Yo, en Francia, tú en Londres. Sería imposible que nos viéramos a menudo y...

—Sería imposible.

Quería tocarlo, pasar las manos por su

torso, su cuello... apoyar la cabeza sobre su hombro y besarlo hasta quedarse sin fuerzas. Y, sin embargo, debía usar la cabeza. Debía hacerlo.

Pero si se resistía, ¿no terminaría siendo una mujer amargada y sola como su madre? Por otro lado, vivir en Francia, sin posibilidad de encontrar trabajo hasta que hablase el idioma, dependiendo de Tris, de un hombre al que no conocía...

—Llevo horas esperando que llegases a casa —le confesó él entonces—. Esperando oír tus pasos en la escalera. Qué tontería, ¿verdad?

—Sí, claro —murmuró Kerith.

—¿Y tú qué has hecho hoy?

—Soñar —contestó ella—. Sheila me ha preguntado por ti.

—¿Quién? Ah, Sheila.

—Esperaba que la llamases y yo... me he puesto celosa. Qué tontería, ¿verdad?

—Desde luego. ¿Cómo puedo mirar a otra mujer? Entonces, ¿qué hacemos?

—No lo sé. Apenas nos conocemos.

—Y tú no quieres sentir esto, ¿verdad, Kerith?

—Sí. No. No me gusta sentir esto y, sin embargo, quiero que ocurra. Aunque no sé dónde va a llevarme. Te irás a Francia y me olvidarás.

—No.

—¿No?

—No te olvidaré. ¿Cómo voy a olvidarte? Pero no soy de los que se casan, ya te lo dije. Y no quiero hacerte daño.

—¿Por qué no quieres casarte?

—Por Michael... y por muchas otras razones. ¿Por qué pensabas que era como tu padre?

—Porque eres encantador, como él.

—¿Y no lo querías?

—Sí. Pero me abandonó —contestó Kerith—. Y me dejó con un miedo terrible a ser rechazada, a quedarme sin dinero, sin una casa. No soy nada arriesgada. Si lo hubiera sido... ¿me habrías hecho el amor?

—No —contestó Tris, estrechándola entre sus brazos—. Me prometí a mí mismo hace tiempo que no volvería a enamorarme de nadie. Y ahora, mírame. Yo vivo en Francia, tú vives frente al piso de mi ex cuñada. Y no me imagino a mí mismo visitándote, haciéndote el amor, con ella mirando por encima del hombro.

—No.

—Esa excusa suena absurda, ¿verdad?

—Sí.

—Los dos tenemos miedo de resultar heridos.

Kerith respiró profundamente. Hubiera

querido decir que no le importaba, que prefería arriesgarse...

—Porque tú misma has visto lo que puede pasar cuando dos personas se casan sin que haya una base sólida. Y yo también —dijo Tris entonces—. De modo que puedo marcharme a casa mañana o puedo quedarme hasta el fin de semana.

Debería decirle que se fuera. Sería lo mejor. Pero no quería hacerlo. Quería hacer el amor con él.

—Quédate —dijo Kerith en voz baja.

Casi antes de que terminase de decirlo, Tris la estaba besando.

Besándola de verdad, con pasión, con ternura. Era más bonito de lo que hubiera podido imaginar y duró mucho tiempo.

Él tenía las manos debajo de su chaqueta, ella alrededor de su cuello. Después de la urgencia inicial, el beso se hizo más exploratorio, más lento. Y Kerith sabía cómo responder. Con Tris sabía cómo hacerlo.

—Llevo mucho tiempo deseando hacer esto. Desde que me sonreíste aquella mañana en tu apartamento Imaginaba cómo serían tus labios hinchados por un beso. Y ahora lo sé. Es... muy excitante. Me haces tener fantasías, Kerith —dijo él, sin dejar de mirarla a los ojos—. Vamos a la calle —anunció entonces.

—¿Por qué?

—Porque es más seguro. Vamos a cenar fuera. Ve a cambiarte, si quieres. Te doy quince minutos.

Mareada, incrédula, Kerith entró en su apartamento. Siempre había leído que al amor le acompañaba una cierta desesperación. Pero ella no se sentía desesperada. Tris tampoco. Era como si hubieran estado esperando aquello toda su vida.

Quería hacer el amor con él, pero no de una forma desesperada. Quería que fuera dulce, apasionado, lánguido.

Después de ducharse, eligió un pantalón negro y una camisa blanca. Después de ponerse brillo en los labios y rímel en las pestañas, tomó una chaqueta verde de cuero y lo esperó, como una niña obediente.

Quería tener una aventura con él. Podría soportarlo, estaba segura.

Se verían cuando él fuera a Londres. Aceptaría el nuevo trabajo, si pasaba las pruebas. Seguiría teniendo su vida solucionada... Entonces, ¿por qué todo le parecía tan poco satisfactorio? De no querer nada había pasado a quererlo todo.

Y no podía olvidar lo que Eva le había dicho tantas veces: que Tris enseguida perdía interés por algo que ya había conseguido. Pero no parecía ese tipo de persona. Estaba como ella: sorprendido, confuso, emocionado. Si tuviera más experiencia, si supiera algo más sobre los hombres...

El sonido del timbre la sobresaltó.

—¿Nos vamos?

Kerith asintió con la cabeza.

—Quiero estar contigo —le dijo, unos minutos después—. ¿Puedo decir eso?

—Sí —asintió él, mientras paseaban de la mano por la calle.

—Llevo tantos años concentrada en mi carrera que no sé cómo portarme.

—Lo haces muy bien.

—No soy una persona débil, Tris. Soy decidida y seria. Tengo un buen trabajo, un apartamento, dinero ahorrado y un estupendo grupo de amigos. Me gusta tener mi vida organizada.

—Por tu padre, ¿no? No quieres depender de nadie.

—Eso es. Pero ahora... ¿qué pasa contigo? ¿Siempre consigues que las mujeres hagan lo que tú quieras? ¿Me has hipnotizado?

Tris se detuvo, mirándola a los ojos.

—Yo me hago la misma pregunta. Ni siquiera sé dónde vamos.

Kerith soltó una carcajada.

—¿Y cómo has podido viajar por todo el mundo?

—Suerte, supongo.

—No te conozco, ¿verdad?

—No —asintió él—. ¿Te gusta la comida india?

—Sí.

—Entonces, vamos. Hay un restaurante indio cerca de aquí.

Diez minutos después estaban sentados cerca de un ventanal, en un bonito restaurante iluminado suavemente por velas.

—Háblame de tu padre.

—¿Por qué?

—No fue un buen padre, ¿verdad?

—No. Aunque yo no lo sabía cuando era niña. Para mí era perfecto, un héroe. Divertido, amable, cariñoso. Como Michael te ve a ti —explicó Kerith—. Y eso, junto con las cosas que Eva me ha dicho, me hizo creer que eras como él.

—Sigue.

Ella le contó sinceramente todo lo que pudo sobre el desastroso matrimonio de sus padres y sobre el miedo de su madre a los hombres.

—¿No te rebelaste?

—No —contestó ella.

Quizá no era tan decidida y fuerte como creía, pensó Kerith entonces.

—¿Porque te sentías culpable?

—Pensé que mi padre volvería. Durante años lo pensé. Sabía que volvería porque me quería. Pero no volvió. No me envió cartas el día de mi cumpleaños, ni en Navidad. Nunca más supimos de él —dijo Kerith, con tristeza—. Y ahora ya no puedo preguntarle por qué se portó como lo hizo y me siento... incompleta.

—¿Tienes miedo de que la historia vuelva a repetirse? ¿Tienes miedo de que no puedan quererte?

Ella negó con la cabeza.

—No lo sé. Quizá sea así, pero no estoy segura.

—¿Pensabas que yo era como él por lo que te dijo Eva?

—Al principio, sí.

—Si olvidaras lo que has oído sobre mí, ¿qué queda, Kerith?

—Tú —contestó ella—. Un hombre encantador, con una sonrisa preciosa. Te gusta la vida y se nota. Además, me miras como si no entendieras lo que está pasando.

—Pensé que era inmune.

—¿Por tu matrimonio?

Tris asintió.

—¿Cómo era Ginny? —preguntó ella entonces.

—No quiero hablar de eso.

—¿Pero sí podemos hablar de mi padre? ¿De mi vida?

—Sí.

—No es justo.

—No estoy siendo justo, lo sé. Pero no tenía intención de que esto ocurriera. Por Michael, por ti... Y no soy como tu padre, Kerith. Él prefirió la salida más fácil, desaparecer sin dejar rastro, sin dar explicaciones. Empezar otra vez y esperar que nadie note tus debilidades. Yo he fracasado en mi matrimonio y, por Michael, no quiero arriesgarme de nuevo. Nunca lo abandonaría. Jamás.

—Lo sé. Lo quieres mucho.

—Es toda mi vida.

—¿Y no hay sitio para nadie más? —preguntó Kerith.

—No es una cuestión de sitio. Anda, come —sonrió Tris, tomando el tenedor.

Pero ella quería respuestas. Necesitaba respuestas.

—Tris...

—Me reí el día que nos conocimos —dijo él entonces—. Me reí cuando dijiste lo de la camisa. Quería volver a verte, pero ya entonces supe que sería peligroso. Sin embargo, las circunstancias hacen que volvamos a vernos.

—Sí.

—No quise dejar de verte. Y eso es egoísta por mi parte.

—Esas cosas pasan, a veces.

—¿La gente que no te conoce piensa que

eres arrogante? —le preguntó Tris entonces, inesperadamente.

—¿Y cómo voy a saber lo que piensa la gente?

—Pocos hombres te piden que salgas con ellos, ¿verdad?

Kerith asintió con la cabeza, sin entender del todo.

—Porque tienen miedo de que los rechaces.

—No, porque los echo para atrás con mi actitud.

—No, tu actitud es un reto —replicó él—. Pero asumen que, como eres guapísima, tienes la agenda repleta. Por eso no intentan ligar contigo.

—Eso es ridículo.

Aunque mucha gente parecía pensar que llevaba una ajetreada vida social. Y que salía con cientos de hombres.

—No lo es.

—Pues eso no pareció afectarte a ti.

—No, pero mis invitaciones siempre han sido para darte las gracias. Y no eres arrogante en absoluto. Cuando fuimos a aquella terraza en Francia y todo el mundo se quedó mirándote, tú te pusiste colorada. Además, he notado que nunca miras a los hombres.

—Porque lo toman como una invitación.

—Pero a mí sí me miraste. Como un desafío, como retándome a pensar que yo podría gustarte.

—Porque me ponías nerviosa. Ya te he dicho que no sé nada de los hombres. No sé cómo tontear, cómo ligar. No sé qué hacer cuando me dicen algún cumplido.

—Se suele decir: gracias —sonrió Tris—. ¿Eres como tu madre?

—¿Como ella? No, pero... yo no he vivido su vida.

—¿Qué hizo cuando tu padre se marchó?

—Buscó trabajo. No teníamos dinero, no teníamos nada. Trabajó en un supermercado, de cajera.

—Y se volvió amargada, ¿verdad?

—Sí.

—Si te hubiera ocurrido a ti, ¿qué habrías hecho?

Kerith lo pensó un momento.

—Me habría puesto a trabajar y habría seguido viviendo.

—Pero tu vida no es la de tu madre.

—Desde luego que no. Ella cometió un error al casarse con mi padre.

—Todos cometemos errores y debemos aprender de ellos.

—¿Por eso no quieres volver a casarte? ¿Por tus errores?

—Es posible —suspiró Tris.

—¿Y Eva? Siempre hablas de ella con una

sonrisa irónica. ¿Por qué?

—Es un mecanismo de defensa, supongo.

—¿Y Michael? ¿Nunca te pregunta por qué no te llevas bien con su tía?

—Alguna vez. Y le digo que tenemos personalidades diferentes. Pero yo no odio a Eva y él lo sabe.

—¿Y a Ginny?

—Tampoco.

—¿Michael sabe que os separasteis antes de que ella muriese?

—Sí.

—¿Y no te ha preguntado por qué?

—Claro que sí —contestó Tris—. No le doy detalles, solo que nos dimos cuenta de que ya no estábamos enamorados.

—¿Ginny quería al niño?

—Se acabaron las preguntas —sonrió él entonces moviendo la comida en el plato, como si hubiera perdido el apetito—. Tú me haces soñar, Kerith. Intento apartar esos sueños, pero vuelven a mí, como las olas a la playa. Eres una gran contradicción... tímida, abrupta, impaciente. Y, sin embargo, hay algo en ti que me atrae, que me intriga. Eres buena con Michael, con la señora Davies... Sheila también me dijo que eras muy buena. Me fui a comer y ella me siguió, así que aproveché la oportunidad para preguntarle por ti. Discretamente.

—Ya veo —murmuró Kerith.

—Me contó que, cuando llegaste a la compañía, todos creían que eras arrogante, pero no lo eras. Que le caes bien a todo el mundo porque siempre echas una mano.

—Sería un mundo espantoso si uno no pudiera echar una mano de vez en cuando.

—Sí, pero no es eso lo que me atrae de ti. Y tampoco es tu belleza porque, si no fueras buena persona, tu belleza no sería atrayente. No estoy explicando esto muy bien… —sonrió Tris, cortado—. No quiero equivocarme, Kerith, no quiero ir demasiado aprisa. Quiero llevarte a mi cueva y mantenerte allí, calentita y segura. Pero quiero ir despacio.

Lo mismo que sentía ella. Exactamente lo mismo.

—Yo también quiero eso.

—Pero no sería justo para ti —dijo él entonces.

—¿Por qué no?

—Tienes una propuesta de trabajo que te interesa mucho y aunque nada me gustaría más que conocerte… —Tris dejó escapar un suspiro— tengo que pensarme las cosas.

—¿Me llamarás cuando vuelvas a Francia? —preguntó Kerith.

—No. Es mejor que no lo haga.

—No te he preguntado eso.

—Lo sé.

—No quiero que esto termine aquí. Podríamos vernos de vez en cuando y...

—¿Clandestinamente?

—Suena horrible, ¿verdad? Pero si no quieres que Michael y Eva lo sepan... No me hagas suplicar, Tris.

Él tomó su mano.

—No quiero hacerte daño, Kerith. Vámonos de aquí. Puedes invitarme a un café.

—Vaya, gracias.

—Tiene que ser así, cariño. Soy un hombre frágil.

También ella lo era. Aunque acababa de descubrirlo.

Capítulo seis

LOS días siguientes pasaron sorprendentemente rápido. Demasiado rápido. Tenían que conocerse mejor, había dicho Tris.

—Ahora nos conocemos mejor —había replicado Kerith.

—No lo suficiente.

—¿Te casaste a toda prisa, sin conocer bien a Ginny?

—Sí.

—¿Yo me parezco a ella?

—No.

—Entonces...

—No me lo pongas más difícil, Kerith. Te deseo con toda mi alma, ya lo sabes, pero no quiero hacerte daño.

—No vas a hacerme daño.

—Hay muchas probabilidades de que te lo haga —suspiró Tris.

—¿Por qué?

—Porque fue culpa mía que mi matrimonio no funcionase. Y no he cambiado. No soy otra persona y si no fuera por Michael no dudaría en mantener una aventura contigo.

—¿Pero casarnos?

—No —insistió él.

Salieron todas las tardes para conocerse mejor. Y, hasta la noche anterior a su partida, se habían despedido siempre en la puerta de casa.

Paseaban, tomaban el autobús hasta la plaza de Trafalgar, iban por el barrio del Soho de la mano... incluso fueron a un club de jazz a bailar. A pesar de su altura, Tris era un buen bailarín.

Y también era inteligente y tenía un gran conocimiento sobre muchas cosas, de modo que hablaron, se besaron... pero no hicieron el amor.

La frustración era su constante compañera.

«¿Nos conocemos mejor ahora?», preguntaba Kerith cada noche.

«No», sonreía él.

Era difícil para los dos y el viernes por la noche, la última oportunidad de estar juntos antes de que él volviera a Francia, se abrazaron en el pasillo como si no quisieran separarse nunca.

A Kerith le costaba trabajo imaginarse la vida sin él. En sus brazos, con la cara enterrada en su pecho, sintiendo la excitación del hombre y la suya propia, acariciaba su espalda con toda la ternura de la que era capaz. Necesitaba tocarlo, necesitaba su sonrisa.

—Recordaré el olor de tu pelo, el tacto de tu piel... Esto es absurdo, Kerith.

—Lo sé —suspiró ella—. Pero a unos metros de aquí hay una cama estupenda.

—No. Tengo que irme.

Ella levantó la cabeza.

—Entonces, nos veremos, ¿verdad? Volveremos a vernos.

—¿Clandestinamente?

—Sí —contestó Kerith, acariciando su cara como si quisiera memorizar cada uno de los rasgos.

—Te llamaré —le prometió él.

—¿Cuándo?

—El lunes por la noche.

—Vale. No es muy agradable tener que insistir, ¿sabes?

—¿Crees que a mí no me duele?

—No lo sé. Si te doliera de verdad me dirías por qué. ¿Es por Michael? ¿Tienes miedo de decírselo?

Tris le puso un dedo sobre los labios, pero ella lo apartó.

—Te deseo —dijo, con sinceridad, mirándolo a los ojos.

Y, por primera vez, Tris la besó con desesperación, sin poder disimular el estado en que se encontraba. Sus dedos temblaban mientras desabrochaba los botones de su blusa. Después, inclinó la cabeza para acariciarla con la boca y ella dejó escapar un gemido. Era maravilloso ser acariciada por el hombre... que amaba.

Kerith abrió los ojos y empezó a acariciar su pelo. Lo amaba. Y los dos estaban temblando.

Cuando levantó la cabeza, Tris tenía los ojos brillantes y respiraba con dificultad.

—Tengo que hacer un par de cosas antes de ir a buscar a Michael —dijo, con voz ronca—. Le dije a Lena que llegaría a las nueve.

Kerith miró su reloj y vio que eran las ocho y media.

—Pero...

—No me mires así. No me acompañes.

Tris se volvió hacia la ventana. Y ella sabía por qué.

—¿Me dejas tu dirección?

Él dudó un momento, pero al final asintió con la cabeza.

—¿La casa Tram? —sonrió Kerith, al ver lo que había anotado en el cuaderno.

—Cuando llegué al pueblo, a la gente le costaba trabajo entender mi nombre. Lo de Tristram no es muy normal en Francia, ¿sabes? Así que pensaron que me llamaba Tris de nombre y Tram de apellido. *Monsieur* Tram, me llaman. Así que mi casa es la casa Tram. A Claude, el constructor, le hizo mucha gracia y colocó un letrero de hierro forjado en el porche.

Kerith dejó el cuaderno sobre la mesa.

—Tienes muchos amigos allí, ¿verdad? Michael me dijo que os lleváis bien con todo el mundo.

—Eso espero. A mí me caen muy bien.

—¿Por qué vives en Francia?

—Por accidente, por impulso, no sé. Pero un día vi esa casa, una ruina, y me enamoré de ella. Me daba pena dejar que se cayera. Solo pensaba restaurarla porque es un hermoso trabajo arquitectónico, pero al final me quedé allí. Y la gente es encantadora con Michael y conmigo.

—Suena estupendo.

—Lo es. Adiós, Kerith.

—Adiós no —dijo ella.

—No.

Cuando la puerta se cerró, pensó que no podían terminar así. No podía ser. Pero, ¿por qué luchaba Tris contra sí mismo? Ella había dejado de hacerlo. Lo que le pasó a Ginny no fue culpa suya.

Quizá algún día conocería su casa. Quizá viviría allí. Hubiera querido salir corriendo detrás de él... pero la llamaría. El lunes por la noche. Y algún día se encontrarían y harían el amor.

Cuando se miró al espejo, vio que estaba

colorada, con los labios hinchados y los ojos brillantes.

Seguía teniendo la blusa desabrochada y sus pechos eran visibles bajo el encaje negro del sujetador. Él había bajado una de las copas, había chupado sus pezones... Temblando, Kerith se dio la vuelta.

¿Y si hubieran hecho el amor? ¿Y si se hubieran comprometido? ¿Y si se lo hubieran contado a todo el mundo? ¿Qué habría dicho Eva? Aunque le daba igual lo que Eva dijera. Pero Michael... Y si todo terminara de repente, ¿qué pasaría? ¿Qué sentiría el niño?

Tris la llamaría y se encontrarían en algún hotel. Durante meses, años quizá. Hasta que Michael fuera mayor.

¿O se iría a Francia a vivir con él? Podría aprender francés, buscar un trabajo. Mucha gente lo hacía. «La novia de mi padre», pensaría Michael. «O su madrastra».

Tenía ahorros y podría vivir de ese dinero durante algún tiempo. Y si no salía bien, siempre podía volver a Londres.

Se preocupaba demasiado, pensó. Lo analizaba todo demasiado.

Kerith sacudió la cabeza, impaciente... y entonces vio su cartera sobre la mesa. Tris le había dicho que tenía que hacer un par de cosas antes de ir a buscar a Michael. Quizá seguía en el apartamento de Eva...

Salió corriendo y llamó al timbre. Entonces se percató de que seguía llevando la blusa desabrochada e intentó abrocharla con una sola mano.

Cuando Tris abrió la puerta, no pudo evitar echarse en sus brazos.

—¿Me llamarás de verdad?

—Sí.

Era especial. Entrañable. Estaba un poco despeinado y tenía los ojos brillantes, como ella.

—Te has dejado la cartera.

Tris la guardó en el bolsillo de los vaqueros y acarició su pelo con una mano.

—¿Un último beso? —preguntó, con voz ronca.

Estaban a menos de un centímetro cuando escucharon la voz furiosa de Eva:

—¿Qué es esto? No has tardado mucho, ¿eh?

—Hola, Eva —dijo Tris.

—¿Qué estás haciendo en mi casa? No te he dado permiso para quedarte aquí.

—No —asintió él.

Dejando la maleta en el suelo, Eva se volvió hacia Kerith, señalando la blusa desabrochada con un dedo acusador.

—Estás loca. Te dije cómo era. ¿Y me has escuchado? ¡No! —exclamó, volviéndose de nuevo hacia su ex cuñado—. Y si me llega una enorme cuenta de teléfono... porque seguro que has estado hablando con tu legión de amiguitas...

—Tú sabes que no es verdad.

Kerith miraba de uno a otro. Sabía que a Eva no le caía bien, pero ser tan venenosa...

—¡Y tú! ¿No te dije que había abandonado a mi hermana cuando Michael tenía meses? ¡La abandonó! ¿O no es verdad, Tris?

—Sí —admitió él.

—Podría haberse muerto en ese mismo instante, pero a ti te hubiera dado igual. Ginny estaba loca por ti.

Tris no contestó. Se limitó a cruzarse de brazos.

¿Por qué no replicaba? ¿Por qué no se defendía?

—Tenían una casa preciosa en Putney, una vida estupenda —siguió Eva—. O eso pensaba yo. Y entonces él se marchó. Era un buen arquitecto, un hombre inteligente... Tenía títulos que yo ni siquiera conocía. Era inteligente, manipulador y egoísta. No solo abandonó a Ginny llevándose a Michael, sino a su socio en la empresa. Lo dejó solo con los clientes y con todo. Como dejó a mi hermana. Destrozada.

—Esto no tiene nada que ver conmigo —murmuró Kerith.

—No, es verdad. ¡Y, por favor, abróchate

la blusa! Pareces una…

—Cállate —intervino Tris entonces—. No metas a Kerith en esto.

—¿Qué te pasa, te emociona la caza? Porque Kerith era una pieza difícil, estoy segura. Eres igual que su padre.

—¿Y tú qué sabes de mi padre? —exclamó ella entonces.

—Me lo contó tu madre —contestó Eva, encogiéndose de hombros—. Un día vino a verte y, como no estabas, la invité a tomar un café. Me lo contó todo sobre vuestra vida.

—Y a ti te dio mucha pena, ¿verdad? —murmuró Tris, irónico.

—¡Sí! Que tú tengas dinero no significa que puedas pisotear a todo el mundo. ¡Y si intentas evitar que vea a mi sobrino…!

—No pienso hacerlo.

—Eso espero. Yo no soy como Ginny, Tris. Yo lucho por lo que quiero.

—Lo sé.

Eva lo miró, apretando los puños.

—¿Y cómo esta Suzanne? ¿O ya no sales con ella?

—Ya no salgo con ella.

—Pobrecilla. Otra víctima más. Espero que la hayas compensado.

—No.

—No, claro. ¿Para qué? Las mujeres están para usarlas, ¿no?

—Tu romance griego no ha ido bien, ¿verdad, Eva?

Ella iba a darle una bofetada, pero Tris sujetó su mano.

—Lo siento —se disculpó—. Un comentario fuera de lugar.

—Al menos, yo voy de uno en uno —dijo su ex cuñada, con los dientes apretados—. Y no tengo responsabilidades. El pobre Michael...

—No hables de mi hijo —la interrumpió Tris.

—Crecer en una casa en la que cada mes hay una mujer diferente —siguió ella, furiosa—. ¿Cuántas Suzanne ha habido este año?

—Doce o trece.

—¿Lo ves? —exclamó Eva, volviéndose hacia Kerith.

—Yo no creo que sea como tú dices.

—¡Pues entonces eres idiota! ¿Te ha pedido que te vayas a Francia con él?

—No.

—¿Que os veáis en otra parte?

—No —contestó Kerith.

Y era cierto. Había sido ella quien había sugerido que volvieran a verse. Cuando miró a Tris, vio que tenía una expresión irónica, no de arrepentimiento o de vergüenza, sino irónica.

—¿Lo que dice Eva es cierto? —le preguntó

—¿Tú qué crees?

Decían que la primera impresión era la buena. Aunque no siempre es cierto. Y Tris no era un mujeriego. No se comportaba como tal. Era imposible.

Sintiéndose enferma, Kerith intentó abrocharse la blusa.

—¿No vas a negar nada?

—No.

—¿Abandonaste a tu mujer?

—Sí —contestó él.

—¿Y te llevaste a Michael contigo?

—Sí.

—¿Lo ves? —exclamó Eva—. Mi hermana se quedó destrozada.

—Tiene que haber una razón...

—Claro que había una razón. ¡Es un canalla! ¿O no es verdad? —le espetó, furiosa. Tris no contestó—. Por eso te fuiste a vivir a Francia. Porque en Inglaterra nadie te dirigía la palabra. ¡Mi hermana no consiguió recuperar al niño y por eso acabó muriéndose!

—No.

—¡Sí! ¡Murió por tu culpa! ¡Estaba loca de dolor! ¡Y ahora, vete de mi apartamento, no quiero volver a verte en toda mi vida! Y deja a esta pobre chica en paz.

—¿Quieres que te deje en paz, Kerith?

Ella se quedó muda.

Sonriendo con ironía, Tris entró en el apartamento para buscar su maleta y Kerith entró en el suyo. No era cierto, no podía ser cierto. Él no era así.

Pero Eva era su amiga. Y había dicho todo aquello porque sabía cuánto sufrió con el abandono de su padre y no quería que volviera a vivir lo mismo con Tris.

¿Por qué iba a mentir? ¿Qué razones tendría para hacerlo? Además, él no había negado nada. No había discutido, ni siquiera se había enfadado. ¿Le daba igual? Quizá ella no era suficientemente importante como para que se enfadase cuando le quitaban la máscara.

O quizá había pensado que lo defendería. Que sabría automáticamente que nada de que lo que Eva decía era cierto. Kerith cerró los ojos, con la cabeza a punto de estallar.

Pero si fuera verdad… ¿sería por eso por lo que Tris no quería casarse? ¿Porque había sido un marido terrible? ¿Porque había conducido a Ginny a la muerte? No, eso no podía ser. Se negaba a creerlo.

Eva debía estar exagerando. Odiaba a su ex cuñado y…

Pero estaba buscando excusas. Desde que lo vio por primera vez, supo que era un seductor, un hombre acostumbrado a embelesar a las mujeres.

Y en cuanto él oyó la voz de Eva, supo lo que iba a pasar. Quizá le había ocurrido antes. ¿Por eso no quería tener una relación con ella? ¿Porque sabía que, en algún momento, Eva le diría quién era en realidad?

Kerith necesitaba saber la verdad. Inmediatamente.

Cuando salió al descansillo, vio a Tris tomando el ascensor.

—¡Tris, tenemos que hablar! —gritó, sujetando la puerta.

—Ya no tenemos nada de qué hablar.

—¡No es verdad!

Él la miró como si no la hubiera visto nunca y después cerró la puerta del ascensor.

No podía ser. No podía marcharse así.

Eva salió del apartamento en ese momento.

—Ya te dije cómo era —le advirtió. Kerith entró en su apartamento, sin escucharla—. ¡Te lo dije! No dejes que te haga daño.

—Eva, no puedes vivir la vida por mí.

—¿Es que no te das cuenta? ¡No es hombre para ti!

—Sí, lo es. Lo siento, pero lo es.

—¡Estás loca! Igual que Ginny. ¿Tan arrogante eres que crees poder conquistarlo solo porque eres guapa? ¡Ginny también era muy guapa! ¡Tris es como tu padre, un mentiroso! En cuanto tu madre me habló de él, supe que eran iguales.

—No digas nada más —murmuró Kerith, cerrando la puerta.

Tris no era así. No podía creerlo.

Pasó todo el fin de semana pensando en él. Cada minuto.

Recordó lo que había ocurrido un millón de veces. Veía su cara, oía su voz. Él esperaba que creyese a Eva, esperaba que lo acusase, que saliera corriendo.

Pero había dos versiones de cada historia y Eva solo tenía la de su hermana.

Tenía que haber una razón, una buena razón para que Tris hubiese abandonado a Ginny llevándose a Michael.

El lunes fue a trabajar como un autómata y cuando llegó a casa se sentó al lado del teléfono, esperando una llamada que no llegaría. Tris no la llamaría después de lo que había pasado.

Pero quizá...

No. No volvería a llamarla. Y, de repente, carrera, independencia, seguridad... nada de eso le importaba lo más mínimo.

Solo le importaba Tris.

Podría llamarlo, preguntarle. Pero él no le

diría nada. ¿Por qué? ¿Orgullo herido?

Las aventuras no importaban... mucho. Era normal que un hombre separado tuviese aventuras. Y dudaba que las hubiera llevado a casa. Sabía que no lo habría hecho, por Michael.

¿Pero su matrimonio?

¿Se habría enterado Ginny de que tenía una aventura con otra mujer? ¿Y por qué se había llevado al niño? ¿Por qué Ginny no había intentado recuperarlo? Nada tenía sentido.

Y no solo era Eva. Tampoco se hablaba con la abuela del niño. Aunque solo tenía la palabra de su vecina y amiga sobre el asunto, la realidad era que había dormido en su casa y no en casa de Lena.

Y la realidad era que lo único que sabía de cierto sobre Tris Jensen era que quería mucho a su hijo.

Y que estaba enamorada de él.

Odiaba la indecisión, odiaba no saber qué hacer. Y no pensaba esperar durante el resto de su vida.

No pensaba recordar durante toda su vida aquellos maravillosos ojos azules, ni cómo la había besado.

Iría a Francia, pensó. Era la única forma de olvidarlo...

O de retenerlo para siempre.

Capítulo siete

KERITH! —exclamó Max, su jefe—. No puedes tomarte una semana de vacaciones. El lunes que vienen llegan millones de objetos para catalogar.

—Ah, sí, es verdad. Lo había olvidado.

—¿Que lo habías olvidado? Tú nunca olvidas nada. ¿Qué te pasa?

—Nada. Es que necesito arreglar un asunto personal.

—Entonces, tómate el resto de la semana libre. ¿De acuerdo?

—De acuerdo.

—Anda, márchate. Llevas un par de semanas muy rara, la verdad. Y yo quiero que mi personal esté concentrado en el trabajo.

—Muy bien.

—Dile a Sheila que se encargue de tu agenda. Ya es hora de que haga algo serio.

—Gracias, Max.

Kerith le dijo a Sheila que estaría fuera toda la semana y después volvió a su casa. Con un poco de suerte, conseguiría billete aquel mismo día. Sin llamar siquiera al aeropuerto, guardó un par de cosas en una maleta y pidió un taxi.

Tenía que marcharse de allí.

Llegó a Francia a las tres de la tarde y enseguida alquiló un coche para ir a Parthenay. Tuvo que parar varias veces en el camino para preguntar, pero por fin llegó al pueblo donde vivía Tris. Calles empedradas, letreros de hierro forjado y una bonita iglesia gótica, casi parecía un pueblo del siglo XVII.

Empezaba a preocuparse porque no encontraba la casa... y entonces la vio.

Era la más bonita de todas; una casa de piedra, amplia y muy antigua. El jardín estaba lleno de sacos de cemento y arena. A un lado había un viejo establo cubierto de andamios.

Kerith estaba muy nerviosa. ¿Y si Tris no quería verla? ¿Y si se negaba a hablar con ella? Si todo lo que Eva había dicho fuera cierto... No, no podía ser. Apostaría su vida a que estaba equivocada.

Respirando profundamente para darse valor, salió del coche y se dirigió a la entrada.

Iba caminando entre sacos de arena cuando alguien la llamó. Nerviosa como estaba, Kerith se sobresaltó.

—¿*Mademoiselle*?

Era un hombre bajito y grueso, que la

miraba con una sonrisa en los labios.

—*Bonjour* —lo saludó ella.

—Es usted inglesa —dijo entonces el hombre.

—Sí. ¿Es usted Claude?

—¿Me conoce?

—Michael me ha hablado de usted. Soy Kerith Deaver.

—Ah, Kerith. Michael siempre dice que es usted muy guapa. Y es verdad.

—Gracias. ¿Tris está en casa?

—¿Sabe que iba a venir?

—Pues... no, la verdad —contestó ella.

—Es que no le gustan...

—Tengo que hablar con él, Claude.

—Está en la parte de atrás. Tome ese camino.

—Gracias —sonrió Kerith.

¿No le gustaban las visitas? ¿Eso era lo que Claude iba a decir?

Siguió por el camino y entonces llegó a una especie de terraplén. Desde allí podía verse todo el pueblo. Y un lago, como Michael le había dicho. A su izquierda había varios caballos pastando en un prado verde y a la derecha... Tris, sentado en un banco de madera.

Kerith tuvo que contener un grito al verlo.

Estaba enamorada de aquel hombre. Y fuera lo que fuera, hubiera hecho lo que hubiera hecho, lo amaba.

Había sabido lo que sentía, pero no lo que sentiría si lo perdiera. En aquel momento, lo supo.

Tenía que haber una razón para todo. Una buena razón. No sabía si él la amaba, pero sentía algo por ella. Era un principio. Un buen principio.

Parecía triste, pensó. Solitario. La camisa azul, arrugada, las botas llenas de barro. Tenía una taza en la mano y, de repente, tiró el contenido al suelo y se levantó.

Y cuando la vio se quedó inmóvil.

Conteniendo el aliento, Kerith examinó su expresión.

—Hola, Tris.

—¿Qué estás haciendo aquí?

Parecía costarle trabajo pronunciar esas palabras y eso la consoló. Al menos, estaba tan angustiado como ella.

—Tenía que hablar contigo.

—No tenemos nada que decirnos.

—Eso no es verdad. No quiero saber nada sobre tus aventuras con otras mujeres porque ocurrieron antes de que nos conociéramos. Pero tengo que saber qué pasó con Ginny.

Tris sonrió, sin ninguna alegría.

—Ya sabes lo que pasó con Ginny.

—No, sé lo que Eva dijo. Pero tienes que contármelo tú.

—No tengo ganas de discutir.

—Ni yo tampoco. Pero si vamos a casarnos, tengo que saberlo.

Él la miró, incrédulo.

—¿Quién ha dicho nada de matrimonio?

—Yo. Te quiero, Tris. Con todo mi corazón.

—Entonces, estás loca. Adiós, Kerith — dijo él, pasando a su lado.

Estaba fingiendo. No tenía mucha experiencia con los hombres, pero lo veía en sus ojos.

Nadie le había dicho que fuera a ser fácil. ¿Qué había esperado, que cayera en sus brazos? ¿Que le pidiera perdón?

Lo siguió hasta la casa a través de una puerta pequeña, sin fijarse en nada, solo en su ancha espalda.

—¿Sigues aquí? —preguntó él, sin volverse.

—Sí. Cuéntamelo.

—No hay nada que contar. Michael llegará enseguida y no quiero que te vea.

—Íbamos a encontrarnos. A hacer el amor.

—Podría haber durado unos meses... y después habría terminado. Hubiera sido agradable, pero...

—Pero estabas enamorándote de mí —lo interrumpió Kerith.

—Yo no me enamoro de nadie. Solo tengo aventuras.

—No te creo.

No podía ver su expresión, pero sospechaba que tenía los labios apretados. Sus hombros estaban tensos, rígidos.

—Pues créelo. Seguramente, no te habría llamado.

—Me habrías llamado, Tris.

—Kerith...

—No, escúchame tú. Sobre lo que ocurrió entre tu mujer y tú... Eva solo conoce una versión, ¿no? No sabe la verdad.

—Claro que sabe la verdad.

Ella se asustó por un momento. Pero entonces se dio cuenta de que sí, Eva sabía la verdad... una parte de la verdad.

—Ha ocurrido otras veces, ¿no? Nada más oír su voz, supiste lo que iba a pasar. Se suponía que yo iba a darte con la puerta en las narices, pero me quedé muda. Y luego lo pensé y me di cuenta de que no tenía sentido.

—Todo lo que dijo Eva es cierto.

—Los hechos, sí. Pero yo necesito que me des las razones. Por favor, dime qué pasó.

—No.

—Entonces, ocurrió algo —murmuró Kerith, poniendo una mano en su espalda—. Tienes que decírmelo, Tris. Tienes que decírmelo porque te quiero.

Él se puso rígido. Pero entonces, conteniendo un gemido, tiró la taza al suelo y se volvió para tomarla en sus brazos.

—Kerith...

—¿Ves? No ha sido tan difícil.

Le temblaba la voz, pero tenía que hacer un esfuerzo.

—¿Es que no te rindes nunca?

—No.

Tris respiró profundamente.

—Estás loca.

—Estoy enamorada.

—¿De verdad? —murmuró él, acariciando su pelo—. Me alegro de que hayas venido. Pero no va a funcionar.

—Puede que sí.

—No.

Ella no lo creía. No podía creerlo. Le importaba demasiado.

—¿No habrías ido a buscarme?

—No.

—¿Por qué?

—No puedo decírtelo —murmuró él, antes de besarla. Un beso largo, urgente, apasionado. Después se apartó un poco—. ¿Matrimonio?

—Me salió así. Es lo que quiero, pero... ¿Por qué no puedes decírmelo? ¿Porque está muerta? ¿Porque sigues enamorado de ella?

—No.

—¿Por Michael? Yo no le diré nada —insistió Kerith—. Sé que no quieres volver a casarte, pero dijiste que podíamos tener una relación.

—Tú lo dijiste —sonrió él, mientras le acariciaba el pelo—. Pero si tuviéramos una relación, tú no dejarías de hacerte preguntas. Y eso te iría comiendo poco a poco. ¿Por qué la dejé? ¿Por qué me llevé al niño?

Tenía razón y Kerith lo sabía. La iría comiendo poco a poco. Pero tenía que haber una razón para todo aquello.

—No te conozco bien, pero sé lo que no eres. ¿Cuántas veces te ha pillado Eva con una mujer?

—Nunca. Aunque he tenido algunas amigas. No soy un santo.

—¿Pero no estabas enamorado?

—No.

—¿Y de mí?

Tris la miró a los ojos.

—Sí. Estoy enamorado de ti. Te quiero, Kerith.

—Entonces, ¿por qué quieres que me vaya?

—Porque todo lo que dijo Eva es un recordatorio de lo que soy en realidad. Fui un marido espantoso y no debería haberme quedado en su casa. Fue egoísta y estúpido por mi parte porque sabía lo que pasaría si me encontraba allí.

—¿Por eso no me hiciste el amor?

—Por eso.

—Pero ahora sí puedes —murmuró ella, acariciando su torso—. No quiero pasar el resto de mi vida preguntándome cómo sería.

Tris respiró profundamente, intentando controlarse.

—Yo te guardaría en mi corazón, intentaría olvidarme de ti. ¡Dios, Kerith, te deseo tanto...!

—Puedes tenerme.

—Ella dirá cosas —le advirtió.

—¿Eva?

—Sí.

—Soy mayorcita.

Tris sonrió, con tristeza.

—Sí, lo eres. Pero quiero protegerte.

—No se puede proteger a nadie, mi amor.

—No, es verdad —asintió él—. Y mi matrimonio fue un desastre.

—No tenemos que casarnos.

—Sí, porque yo no quiero otra cosa.

—Yo tampoco —sonrió Kerith.

—Eres una chica muy decidida.

—Mandona —asintió ella, con el corazón acelerado—. Me gusta construir mi propio destino. No me gusta que nadie lo haga por mí. Ni Eva, ni Ginny... Bésame otra vez, Tris.

Él sonrió.

—Bésame tú.

Nunca lo había hecho. Siempre había dejado que él fuera el instigador.

—He llegado tarde al amor. No tengo experiencia.

—Esto me está matando —murmuró él, besándola en la frente, en el pelo, en la nariz—. Solo tenemos media hora antes de que Michael llegue del colegio.

—Media hora es mejor que nada. Por favor, Tris, te deseo tanto...

—Yo también —murmuró él, tomándola en brazos y subiendo los peldaños de la escalera de dos en dos.

—Te quiero —susurró Kerith, apartando el flequillo de su frente—. No pensé que le diría esto a nadie. Y ahora...

—Yo siento lo mismo —dijo Tris, tumbándola sobre su cama—. He soñado con esto. Te imaginaba aquí, en mi casa, pero pensé que no ocurriría nunca. Te quiero y deseo que la primera vez sea especial. No quiero tener que saltar de la cama para vestirme porque Michael acaba de llegar. Estoy muy excitado y...

—Podemos esperar, ¿no? Esta noche,

cuando esté dormido. Algo con lo que soñar, algo que esperar toda la tarde.

Tris se sentó al borde de la cama y acarició su cara. Su mano estaba caliente, ardiendo. Bajó hasta su escote, pero se quedó allí.

—No me atrevo a seguir. Nunca he sentido nada parecido en toda mi vida.

—¿Ni siquiera con Ginny?

El rostro del hombre se ensombreció.

—Con ella era diferente.

—Cuéntamelo —le suplicó Kerith—. Sé que no quieres hacerlo, pero si pudieras decirme algo...

—¿Por qué la dejé y me llevé al niño? Porque era mío —contestó Tris.

—Pero... ¿y Ginny?

—Ella no lo quería.

—¿No intentó recuperarlo?

—No. ¿Te sorprende? A mí también me sorprendió. Tenía veintiocho años cuando me casé con Ginny. Ella tenía diecinueve y era una chica guapísima, llena de vida. Fue un matrimonio estúpido, inmaduro, que su madre no aprobó nunca. Su padre había muerto años antes y Lena había criado sola a sus hijas. Pensaba que Ginny era demasiado joven y tenía razón —dijo, pensativo—. Pero no quiero que se lo cuentes a nadie.

—No lo haré.

—Era la niña de la familia. Tanto su madre

como Eva la mimaban demasiado, la trataban como si fuera muy frágil y pudiera romperse en cualquier momento. Y era pequeña, pero nada frágil —sonrió él, con tristeza—. A pesar de eso, necesitaba atención constante y no quería tener hijos. Pero yo no lo sabía. Nos casamos poco después de conocernos, pero no hubo invitados ni banquete de boda porque todo fue muy rápido. Era lo que los dos queríamos —añadió, suspirando—. Cambié de ruta en la compañía aérea para poder estar con ella el mayor tiempo posible. Acababa de terminar arquitectura y un amigo me dijo que podríamos montar juntos un estudio... Yo había heredado mucho dinero de mi padre.

—Sí. Eva me comentó algo.

—Tengo inversiones en varios países. Al principio, no trabajaba mucho en el estudio, pero me parecía una base sólida, algo que dejar a mis hijos. Pero el matrimonio con Ginny no era lo que yo había esperado —le confesó Tris entonces—. A menudo ella parecía insatisfecha. No lo decía en voz alta, pero yo sabía que no le gustaba estar en casa. Quería salir, gastar dinero, bailar. Por supuesto, yo tuve mi parte de culpa. La dejaba sola demasiado tiempo. Y cuando se enteró de que estaba embarazada se puso furiosa. Yo pensé que se le pasaría cuando naciera el niño... pero no fue así. Quería atención constante, quería amor, quería que le dijera todo el tiempo lo guapa que era. No fui paciente con ella, la verdad. Pero sí asistí a las clases de parto sin dolor... y me enamoré de Michael nada más verlo. Pero para Ginny era como jugar con una muñeca —suspiró, perdido en los recuerdos—. Quería una niñera, aunque no tenía nada que hacer. Pero cada vez que contratábamos una, no le gustaba. Había sido mimada toda la vida, no había trabajado nunca y siempre había alguien que hacía las cosas por ella. Para Ginny era imposible cuidar de un niño.

—¿Era infantil? —preguntó Kerith.

—Mucho.

—Sigue.

—Se volvió petulante, empezó a salir por las noches sin decirme dónde iba. Yo pensé que se le pasaría, que era una forma de despedirse de su vida de soltera, pero no dejaba de hacerlo. Y no atendía a Michael. Yo me puse furioso porque mi madre no era así, las mujeres de mis amigos no eran así. Lo intenté, Kerith, pero no lo suficiente. Y un día volví de trabajar y me la encontré en la cama con otro hombre. Michael estaba en la cuna —explicó, mirándola a los ojos—. Aparentemente, no era su primer amante.

—Entonces, te llevaste al niño.

—Sí. Volví a verla cuando me calmé. Ginny pensó que la había perdonado.

—¿Y no podías?

—No. Ella no entendía por qué estaba tan furioso, como si acostarse con otro hombre fuera algo normal. Pensaba como una niña de quince años.

—¿Nunca le contaste a Eva la verdad?

—No hacía falta. Ella lo sabía.

Kerith lo miró, sin entender.

—¿Lo sabía?

—Todo el mundo lo sabía. Todos menos yo. Pero me pasaba el día trabajando y casi nunca estaba en casa. Cuando ni siquiera necesito trabajar...

—Todo el mundo necesita trabajar. Pero si Eva sabe la verdad, ¿por qué te odia tanto?

—Porque cualquier otra cosa sería una traición para la memoria de su hermana —contestó él—. La quería mucho. Ella misma me dijo que Ginny no debía casarse tan joven, que era un error. Y yo, arrogantemente, no le hice caso. Eva piensa que si no se hubiera casado conmigo, no habría muerto. Y quizá sea verdad.

—Pero si no se hubiera casado contigo, se habría casado con cualquier otro —murmuró Kerith.

—Sí, pero ese otro quizá habría estado más tiempo con ella, la habría mimado más que yo. No sé... Lena siempre dijo que Ginny era demasiado frágil y resultó ser cierto. Si hubiera estado a su lado, si le hubiera pedido consejo a su hermana...

—No digas eso, Tris. Nadie sabe qué habría pasado.

—Aun así, me siento culpable. Y entiendo que Eva me odie.

—Pues yo no. Y tampoco entiendo que vaya diciendo por ahí que no te ocupas de tu hijo cuando, evidentemente, es mentira.

—Eva siempre dijo que las aventuras de su hermana eran una forma de llamar la atención porque yo no la quería lo suficiente.

—No abandonaste a tu socio, ¿verdad? —preguntó Kerith entonces.

—No. Fui a hablar con él antes de marcharme. Él sabía lo que estaba pasando, como todos mis amigos, pero nadie se atrevía a decírmelo. Me quedé en su casa durante unos días y después llevé a Michael a casa de mi madre. Volví a trabajar como piloto y seguí poniendo mi parte del dinero en el estudio de arquitectura. Cuando mi madre murió unos años después, me llevé a Michael, compré esta casa y... el resto ya lo sabes.

—¿Y Suzanne? —preguntó ella.

Tris sonrió.

—Era la niñera de Michael. Un desastre, así que la despedí. Eva llamó un día por teléfono y como contestó ella, supuso inmediatamente que era una amiguita.

—¿Eva no quiso quedarse con la custodia de Michael?

—Lena pensó que el niño estaría mejor conmigo.

—Pero, a causa de Michael, no puedes cortar tu relación con ellas, ¿verdad?

—Eso es. Aunque normalmente, nos evitamos —dijo él, con tristeza.

—Por eso fuiste a buscar a Michael a la estación, en lugar de quedar en tu casa, ¿no?

—Sí.

—¿Y no culpas a Eva de todo este desastre?

—No.

Y no iba a decir nada más porque, estaba claro, Tris Jensen no era de los que hablan mal de la gente a sus espaldas. Y Kerith lo amaba por ello.

—¿Cuánto tiempo pasó desde que te fuiste hasta que Ginny murió?

—Seis meses. Ella nunca intentó ponerse en contacto conmigo. Y luego murió.

—No fue culpa tuya, Tris.

—¿No?

—Claro que no.

—Pero quizá contribuí con mi comportamiento. Siempre lo tendré sobre mi conciencia.

—¡Tris, por favor! —exclamó Kerith.

Se sentía culpable por la muerte de una mujer que lo había tratado como a un pelele, una mujer que no había querido ocuparse de su hijo.

Pero si pudieran empezar un futuro juntos… sus vidas podrían dar un giro de ciento ochenta grados.

—Ginny estaba fanfarroneando con sus amigos, algo que solía hacer a menudo. Por eso cayó por la pendiente. Era una niña mimada, pero no merecía morir.

—Nadie merece morir. Pero tú no tuviste nada que ver.

—Tienes mucha fe en mí, ¿verdad?

—Toda. Porque nunca se lo has contado a nadie. Nunca te has excusado, nunca has dado explicaciones.

—Ni siquiera a mi madre —sonrió Tris—. Ella también tenía fe en mí. Os habríais llevado muy bien.

—Y Lena tiene sitio para ti en su casa, ¿no?

—Sí, pero es una ficción que mantenemos por Michael. El niño cree que la cama es demasiado pequeña. Y si sabe que no es verdad, se lo calla. Me protege fieramente.

—Porque eres suyo. Porque te quiere. Entonces Lena… ¿ella no te culpa?

—No, Lena se culpa a sí misma porque no

pudo detener el matrimonio de su hija cuando sabía que sería un desastre. Ella cree que ha arruinado mi vida. Sabía cómo era Ginny y cree que me hizo daño no advirtiéndome. Pero mantenemos las apariencias por Eva, que sigue tan furiosa conmigo como el primer día. Por cierto, Michael va mucho más a casa de su tía desde que te conoció a ti.

Ella lo miró, sorprendida.

—¿En serio?

—No solía quedarse a dormir en casa de Eva hasta que apareciste tú. Y cuando te conoció, decidió que dormiría allí los viernes, en lugar de quedarse en casa de su abuela. Lo que más le gusta de Londres eres tú.

—¿Y Eva lo sabe?

—Supongo que sabe sumar dos y dos.

—Pero a ella no le importaba que yo me encariñase con el niño.

—Porque su vida social es más importante. Y porque no esperaba que nos conociéramos. En cualquier caso, no quiero que le cuentes esto a Michael.

—No se lo contaré.

—No quiero hacerle daño, Kerith. Nunca.

—¿No se lo contará Eva? Si me ha hablado a mí como lo ha hecho, puede que también se lo cuente al niño.

—No —murmuró Tris—. Lo quiere

mucho y nunca le haría daño. Ella sabe cómo lo quiero, a pesar de lo que diga, pero no puede perdonarme. Y yo no puedo culparla por eso.

—Pero yo no soy como Ginny. Y aunque nunca he tenido una relación amorosa verdadera, no necesito que alguien esté pendiente de mí veinticuatro horas al día. Además, sabiendo lo que ha pasado antes, los dos tendremos cuidado. Yo te diré si algo me molestase, si necesito algo que no me estés dando…

Él asintió.

—No más preguntas. No volveremos a hablar del asunto.

—Cuando Michael tenga edad para hacer preguntas, tendré que responder. Por ahora solo sabe que su madre y yo dejamos de estar enamorados y que Ginny lo quería mucho. Nunca le he contado la verdad —murmuró Tris, acariciando su cara—. ¿Sigues queriendo casarte conmigo?

—Sí.

—¿Porque me crees?

—Sí —asintió Kerith.

Lo creía. Con todo su corazón.

Él cerró los ojos y apoyó la barbilla sobre su cabeza.

—Soy un hombre familiar, cariño. Es lo que siempre he querido. No me gusta vivir solo. Quiero compartir mi vida con alguien, oír la risa de los niños, que me quieran, querer a alguien... ¿Podrías vivir aquí? No me gustaría tener que cambiar a Michael de colegio, pero...

—Claro que puedo vivir aquí. Aprenderé francés: *la subasta empesagá dentgo de unos segundos, monsieur* —bromeó Kerith para hacerle reír.

—¿Podemos tener niños?

—Eso espero.

—¿Y tu nuevo trabajo?

Ella sonrió.

—Ahora ya no me importa. Solo me importas tú. Tú llenas mi corazón y mi cerebro, excluyendo todo lo demás.

—No puedo creer que esto esté pasando —murmuró Tris.

—Es real —dijo Kerith, como si hubiera leído sus pensamientos—. A tu lado, me convierto en arcilla.

—¿Cuánto tiempo puedes quedarte?

—Hasta el domingo. El lunes tengo que estar de vuelta en Londres.

—¿No puedes quedarte definitivamente?

—No, tengo que dar un mes de aviso a mi jefe. No sería justo marcharme de esa forma.

—Eso será en noviembre... y ahí llega el autobús de Michael —dijo Tris entonces.

—Esta noche haremos el amor —murmuró ella, con voz ronca.

Los ojos azules del hombre se oscurecieron y la abrazó hasta casi hacerle daño. Después, se levantó de golpe y tomó su mano.

—¿Podemos contárselo al niño?

—Claro.

—Pero él se lo contará a Eva.

—Ya me las arreglaré —sonrió Kerith.

—Gracias.

—De nada, mi amor.

Bajaron juntos por la escalera, justo cuando Michael entraba en casa como una tromba. Despeinado, con el uniforme manchado de barro y la mochila a la espalda, abrió los ojos como platos al verla.

—¡Kerith! ¿Por qué no me habías dicho que venías?

—Nadie lo sabía —contestó ella.

—Vamos a casarnos —le dijo entonces su padre.

El niño tiró la mochila al suelo y se puso a dar saltos de alegría. Kerith soltó una carcajada. Esa sí que era una buena reacción.

—¿No te lo había dicho, papá? ¿No te había dicho que ella era especial? ¿Lo sabe Claude?

Tris negó con la cabeza.

Michael abrió la puerta para contárselo al constructor, pero antes de salir corriendo se dio la vuelta.

—Si vais a casaros... ¿puedo tener hermanos?

—Haremos lo que podamos —sonrió su padre.

—Quiero una hermana. Jean Luc tiene una hermana y lo quiere un montón.

—Yo también te quiero, enano —sonrió Tris.

—Lo sé, pero una hermana es diferente, ¿no? ¡Una hermana!

Con un nudo en la garganta, Kerith apretó la mano de su futuro marido mientras Michael salía corriendo para dar la noticia.

—Ha sido fácil, ¿eh? ¿Estás llorando? —le preguntó él, en voz baja.

—Solo un poco. Es que lo ha dicho de una forma...

—Michael es especial. Como tú.

Capítulo ocho

¿TE encuentras bien? —le preguntó Michael.

Kerith abrió los ojos.

—Sí, muy bien.

—¿Necesitas algo?

Ella negó con la cabeza.

—Vale, estaré fuera por si me necesitas. Alexandra sigue dormida.

—Gracias, Michael.

—¿Por qué? —preguntó el niño.

—Por ser el mejor hijo que una madre podría desear.

El niño, colorado como un tomate, le dio un beso en la mejilla.

—Te quiero, mamá.

—Y yo a ti.

—Somos felices, ¿verdad?

—Sí —asintió ella—. Lo somos.

Cuando Michael salió de la habitación, cerró los ojos. Sí, eran felices. Increíblemente felices.

—¿Te encuentras bien? —le preguntó Tris.

—Sí.

—¿Necesitas algo, té, café, zumo de naranja?

—No, gracias.

—¿Quieres otra manta?

—No.

—La niña sigue dormida.

—Ya —rio Kerith suavemente—. Acaba de decírmelo Michael, Tris. Estoy bien, de verdad.

—Pero sigues muy pálida. ¿Seguro que no quieres que encienda la chimenea?

—Seguro.

—Tienes que arroparte—insistió él, tapándola con la manta.

—Estoy bien, pesado. Vete, anda. No, quédate —dijo Kerith entonces, sacando una mano de entre las sábanas.

—Lo has pasado mal, ¿verdad?

—¡He tenido una niña!

Tris se agachó al lado de la cama y besó su mano con ternura.

—Me has dado un susto de muerte —murmuró, con los ojos oscurecidos.

—Lo sé. Pero la próxima vez no creo que sea tan difícil.

Su marido sacudió la cabeza.

—Oh, no, no pienso volver a pasar por eso.

—Ya veremos —sonrió ella.

—Deberías haberte quedado en el hospital un par de días más.

—Quería volver a casa.

A casa. Qué bonito sonaba aquello. La casa estaba llena de flores y regalos. Cada día Tris, o Michael, o los dos le llevaban algo nuevo. Una flor, un dibujo, una piedra, un pastel. Tenía tanta suerte... Tanta, tanta suerte.

Kerith miró por la ventana y vio que el jazmín estaba floreciendo. Divertida consigo misma porque, hasta hacía muy poco tiempo, no sabía nada sobre plantas, volvió a mirar a su marido.

—Quería volver a casa —repitió.

—Y nosotros queríamos tenerte aquí. Estamos perdidos sin ti, mi amor.

—Venga, termina el dibujo. Lo necesitan para mañana —sonrió Kerith.

—Llámame si necesitas algo, ¿de acuerdo?

—De acuerdo.

Tris se inclinó para darle un beso en los labios y después volvió a sentarse frente a la mesa de dibujo, que habían instalado al otro lado de la habitación para poder estar lo más cerca posible de la cama.

Mimada, querida y cuidada. ¿Qué más podía pedir? No podía creer lo feliz que era. No echaba de menos su trabajo. Pero volvería a trabajar cuando Alexandra fuera un poquito mayor.

Aquel año había pasado tan rápido... Se

habían casado en la iglesia del pueblo en el mes de noviembre. Sus amigos y su madre habían ido a la boda. Su madre lloró. Eso la había sorprendido. Y también le sorprendió recibir una carta de Lena, una bonita carta en la que le decía cuánto se alegraba por los dos y cuánto lamentaba no haber podido acudir a la ceremonia. Por Eva.

Era noviembre de nuevo y su madre llegaría unos días más tarde para conocer a su nieta. Ojalá Lena también pudiera ir. Y Eva. Esperaba que, algún día, su amiga pudiera perdonar a Tris.

Kerith volvió la cabeza para mirar el moisés donde dormía su hija. Su hija. Parecía increíble. Su marido era un hombre maravilloso, responsable, detallista. Seguía dándole miedo creer en tanta felicidad, pero era muy especial.

Y ella lo amaba. Cada día más. Y si hubiera creído a Eva... No, no quería pensar en eso.

Pero lo sentía por ella. Por ella y por Ginny, que habían querido algo y no supieron encontrarlo.

Escuchó entonces una carcajada en el jardín y sonrió. Michael con su amigo Jean Luc. Estaba orgullosa de su hijastro y envidiaba su habilidad para hablar francés. Un día, se prometió a sí misma, ella también lo hablaría igual de bien.

El niño no tenía celos por tener que compartir a su padre. Y tampoco de la niña. Era su hermanita.

Como si supiera que su mamá estaba pensando en ella, Alexandra lanzó un grito. Quería comer. Pero Kerith no tenía que moverse; unos segundos más tarde Tris y Michael estarían allí para ayudarla.

Querían ver a la niña despierta, moviendo las manitas. Como si fuera la única recién nacida en el mundo entero. La niña más perfecta, la más especial. Y lo era, por supuesto.

—Está despierta —dijo Tris, justo cuando Michael entraba por la puerta.

—¿Está despierta? —preguntó el niño—. Hola, hermana. ¿Tienes hambre? —preguntó, tomando uno de sus deditos—. Está sonriendo.

—Eso espero —dijo Kerith—. ¿Qué niña no le sonreiría a un hermano tan guapo?

Michael rio, orgulloso.

—Jean Luc quiere conocerla. ¿Puede entrar?

—Sí, claro.

El niño se acercó a la puerta y llamó a su amigo. Un poco más alto que Michael y con el pelo rubio, Jean Luc entró sonriendo.

—*Bonjour, madame* —la saludó.

—*Bonjour, Jean Luc. Comment vas tu?*

—*Très bien, madame. Et vous?*

—*Bien*. ¿Bebé? —preguntó Kerith, señalando a la niña.

—*Oui*.

Michael se acercó a la ventana para cerrar la cortina, por si acaso había corriente, les dijo. Tris tomó a su hija en brazos y la miró, sonriendo. Había tanto amor en aquella sonrisa que a Kerith se le encogió el corazón.

Le mostró entonces la niña a Jean Luc, como si fuera el tesoro más preciado del mundo.

Tris dijo entonces algo en francés, algo que sonaba como: «Estamos locos por ella».

Y lo estaban, desde luego.

—Tengo unas ganas de que aprenda a hablar... —dijo entonces Michael.

—Aún queda algún tiempo para eso — sonrió su padre.

Los niños bajaron de nuevo al jardín y Kerith se quedó a solas con su marido y su hija.

—Es preciosa, ¿verdad?

—Casi tanto como tú —contestó él—. Estoy loco por ella. Y por ti.

—Enamorado —lo corrigió su mujer.

—Sí, enamorado. Tan enamorado, Kerith...